我亲爱的偏执狂

姚一十 著

SPM
南方出版传媒
广东人民出版社
·广州·

图书在版编目（CIP）数据

我亲爱的偏执狂 / 姚一十著. —广州：广东人民出版社, 2019.5
ISBN 978-7-218-13518-2

Ⅰ.①我… Ⅱ.①姚… Ⅲ.①短篇小说—小说集—中
国—当代Ⅳ.① I247.7

中国版本图书馆 CIP 数据核字 (2019) 第 077803 号

WO QINAIDE PIANZHIKUANG
我亲爱的偏执狂

姚一十 著

出　版　人：肖风华
策　划　方：时光机图书工作室
责任编辑：钱飞遥　张　颖
出　品　方：脑洞故事板
出　品　人：尹　健
特约策划：孙　岩
责任技编：周　杰　吴彦斌
出版发行：广东人民出版社
地　　　址：广州市新港西路 204 号 2 号楼（邮政编码：510300）
电　　　话：（020）85716809（总编室）
传　　　真：（020）85716872
网　　　址：http://www.gdpph.com
印　　　刷：广东鹏腾宇文化创新有限公司
开　　　本：890 毫米 ×1240 毫米　1/32
印　　　张：10.625　　　字　　数：200 千
版　　　次：2019 年 5 月第 1 版　2019 年 5 月第 1 次印刷
定　　　价：48.00 元

如发现印装质量问题，影响阅读，请与出版社（020-85716849）联系调换。
售书热线：（020）85716826

目 录

引 子

就像故事里说的那样：

如果你决定要找到自己，一个完整的自己，那么就必须要花费时间。

用眼睛、耳朵和你所拥有的一切，去寻找它。

开 篇

一个故事

01

这是一个漫长的故事，大概需要从那个遥远的小镇说起。

在那座奇怪的小镇里，大家每天都拿着工具，在泥潭边忙碌着。

捧一团泥揉捏出轮廓，细化上五官，再轻轻把它放到地上。

一接触地面，泥潭中的黄泥就变成了人。

02

变成人的黄泥被教授了一些技巧。

于是，他和所有泥人一样，开始一刻不停地忙碌着。

变成泥人——造泥人——变成泥人，就像是个永不改变的循环，没有人知道为什么，也没有人去想为什么。

直到某天夜晚，一位迷路的旅人从小镇经过。

月光轻轻照着，把他的面庞映在泥潭上层的清水里。

"为什么你长得不一样？"

夸布转头看向旅人，这样问他。

"你说什么？"
旅人似乎有些不明白他的话，夸布又补充着：
"这个小镇里，所有人都一样，但你不是。"
"我从来都没有见过像你这样的人。"
夸布拉着旅人，接近泥潭。
泥潭的水完整映出旅人的样子，但夸布不一样。
他在水中的影子，只有一层薄薄的泥塑的轮廓。
内里什么都没有，空荡荡的。
"大家都跟我一样。"
夸布垂下头，问道：
"原来其他人和我们不一样吗？"
"像你这样才是完整的吗？"

"其实没有人是完整的。"
旅人蹲下身子，摸了摸夸布的头。
夸布有些疑惑地眨了眨眼睛，就听见对方继续说着。
"遇到不同的人，见到不同的风景。"
"这一生的意义，或许就是为了趋近完整。"

"那怎么才能趋近完整呢？"

夸布拉住旅人的衣角，迫不及待地问他。

"完整的模样，是要自己去寻找的。"

"怎么寻找？"

旅人指向夸布的眼睛、心脏，和从未踏出过小镇的双脚回答：

"用这儿，这儿还有这儿……"

"用你拥有的一切，去找一个自己。"

"用你拥有的一切，去找一个自己。"

这是所有故事的开端，又好像是所有故事的终结。

说完这句话，旅人向他告别，去找来时的路。

"可是没有人离开过镇子。"

"所以大家都一样。"

夸布静静坐在泥潭旁，看着开始忙碌的大家，喃喃自语。

"我们必须要找到自己。"

终于在一个早上，他向所有人说起这样的话。

四周静悄悄的，没有人回应他。

"我们必须要找到完整的自己。"

尽管无人应答，但某一天，夸布还是摸索着离开了小镇。

只留下一个不回头的背影，在找一条路，在找一个自己。

第一卷

颠岛

01

日月星辰，时间往复。

夸布顺着一路寻找的方向，来到一个岛的中央。

"好疼。"夸布刚抬了抬脚准备落下，就听见有个声音这样喊着。

夸布吃惊地收回脚，发现有一个人飞快地坐了起来。

"对不起。"他一直抬着头，根本没有注意到这儿还有个人躺着。

02

夸布和他坐在一起聊起了天。

"我是一个木匠。"

"你到颠岛来想实现什么？"木匠这样问着。

夸布不明白地回答："我只是路过。"

"那你肯定不知道，这是一座神奇的岛。"

03

木匠调整了一下坐姿，仔细地向夸布介绍起这座岛。

"这是一座沙漏形状的岛。"

"我们现在坐在它的中央，另外一半和这半边完全一样，没有什么特别。"

夸布点了点头，木匠压低了声音继续说着：

"唯一神奇的是，这是一座能让梦境和现实颠倒的岛。"

04

"梦境和现实颠倒？"夸布疑惑地重复着。

"也就是梦境成真。在这个岛上做的梦，都会变成真的。"

木匠说完，半躺了下来，夸布这才明白，为什么刚刚他会躺在地上。

05

"是不是我把你吵醒了？"夸布问他。

木匠摆了摆手："其实我并没有睡着。可能是睡得太久了，怎么都睡不着。"

木匠的确是睡不着，眼睛闭了好一会儿，又睁开和夸布说话：

"我在这儿做了很多梦……"

06

"有一次，我做了一个机械鸟。可能是哪个步骤不对，它是坏的，最后我把它扔了。"

"还有一次，我变成了一个小孩，捡到了一个不错的木桩。然后把它带回了家，想雕刻成一个木头人。可惜，还没有干完，我就醒了……"

　　在颠岛，木匠把许多梦境都变成了现实。

　　但夸布看着他，觉得他有些不开心。

07

　　"其实，我来这儿，是想让一个梦境成真。"果然，木匠歇了一会儿，就开始说起那个梦境。

　　"原本，我总会反复做一个梦。梦境里我是最厉害的木匠，所有人提起我，都会赞叹一句，真厉害呀。"

　　"后来呢？"夸布这样问着。

　　木匠有些沮丧地回答："我必须要成为那样的木匠。所以我就来了这儿，但在颠岛，我再没有做过那个梦。"

08

　　"我完全想不清楚这是为什么。"木匠看上去既困惑又无力。

　　夸布想了想，他也找不到答案。

　　"最厉害的木匠是什么样的？"于是，夸布开始问些别的。

　　"能做成任何东西，每一件都非常精巧。"

　　"怎么才能成为最厉害的木匠呢？"

　　"可能需要一点天赋和重复不断的练习。"

09

木匠回答完，又闭上了眼睛。

夸布坐在一旁看着他，好久都没见他把眼睛睁开。

"他可能睡着了，或许还做了一个梦。"

夸布想着，站起身子，轻手轻脚地从木匠身边走过。

10

他不知道这一次，木匠又会做一个什么样的梦。

也不知道到底会不会有那么一天，木匠终于在梦里成为最厉害的木匠。然后，连带着在现实里，也变得非常厉害。

夸布刚从小镇离开不久，什么事情都不知道，也有很多事情想不明白。

就比如，在离开颠岛的路上，他就一直在想：

木匠明明知道如何才能成为最厉害的木匠，但他只是每天都在白日做梦，空等一场不知道到底会不会降临的梦境。

机械鸟

01

一个孩子捡起了一只机械鸟。

一开始，那只机械鸟被扔在地上。

夸布从路边经过，突然想起：这是颠岛上的木匠制作失败的机械鸟吗。

"可能是它吧？"夸布犹豫了一会儿，原地返回。

只见那个孩子捡起它，小心翼翼地捧在怀里离开了。

02

"这大概是谁做坏了扔在那儿的。"仓子带着机械鸟回到手工城时候，隔壁杂货铺的鹤草婆婆说道。

在手工城里，各式各样的东西都能被制造出来。而且，远比这只破旧的机械鸟要精美得多。

于是，鹤草婆婆放下机械鸟，戴起老花眼镜，从货架里找出一只机械蜂说："如果你愿意的话，这个可以送你。"

机械蜂的用途是代替主人说话，仓子虽然不会说话，但也并不觉得自己需要。况且，他现在已经有了一只机械鸟。

仓子这样想着，拒绝了婆婆的好意。

03

将机械鸟放置在工具箱前，仓子伸手摸了摸它破了一个小洞的头。

机械鸟有着破旧的身体，每个关节都链接得松松垮垮，看上去好像随时要掉落下来。

"制作你的人肯定不是特别厉害。"仓子望着机械鸟头部小洞露出的已经生锈的齿轮，在心里想着。

"不过也肯定要比我厉害得多。"

手工城里所有的居民都会手工，但仓子属于特别笨的那类，甚至没有完整地制作出任何成品。

"你的外壳坏掉了，我可以帮你修理。"仓子从工具箱里掏出各式工具，默默向机械鸟保证。

被仔细修理的机械鸟还是处处损伤，但唯一完好的由小块黑色宝石镶嵌的眼睛里，印着仓子小小的影子。

04

"真是只漂亮的机械鸟啊。"

尽管仓子仅将外壳修补好就已经手忙脚乱，但他带着机械鸟一同出门的时候，仍然得到了鹤草婆婆的夸奖。

仓子看了看在太阳下仿佛发着光的机械鸟，蹭了蹭它坚硬的打满补丁的金属外壳，红着脸向婆婆表示谢意。

"她夸奖你是只漂亮的机械鸟。对我而言，你的确是最漂亮的。"

被安置在手工箱前的机械鸟眼里满是仓子来回动的影子。直到仓子举着工具书停了下来，它的眼神也才静得如同温柔的水。

"或许我能让你成为会动会说话的鸟。"

仓子激动地抱起机械鸟，信念透过扑通扑通的心跳有力地向对方传达。

05

只要能让内部的齿轮再次运行，让机械鸟动起来并不是什么太难的事情。但对于仓子而言，他要花费的时间比想象中要多得多。

在太阳第三次爬上山头的时候，仓子终于修理好了它的脚部。仓子惊喜地将机械鸟放在肩上，金属制的爪爪有力地抓着他的臂膀，和他一同见证了下一场日出。

"这个太容易卡住了。"

仓子将链接翅膀的齿轮取出，找出大小合适的替代物件，调整了好几个角度才看到机械鸟的翅膀尖微微摆动。

"干脆把这个也换掉吧。"

在机械鸟心脏位置，有一个锈得分不清原色的小齿轮。

仓子小心翼翼地做完了防锈处理，将崭新的小齿轮放进机械鸟的心脏位置。

在满天星辰的照耀下，他的机械鸟终于围着他起舞。

06

只是机械鸟依然无法说话，仓子尝试了无数种工艺，还是无能为力。

飞动的机械鸟落在肩头，仓子悲伤地点了点它的头。

自己不会说话已经习惯，但不能让他的机械鸟说话，却让他难过得快哭出来了。

机械鸟蹭了蹭他的手指，仓子抬起头来像想到了什么似的带着机械鸟出了门。

还是那个高高的石块，仓子举着小小的录音设备，录下了一段婉转的鸟鸣。

然后机械鸟便有了歌声。

仓子看着他的鸟儿挥动翅膀，听着它的声音，想向所有人大喊。

"你是最漂亮的机械鸟。"

07

仓子这样想着，却生平第一次，听到了属于自己的声音。

这个时候，机械鸟的声音停了，像是某种置换，又像是某种馈赠。

他飞舞着，将一个冷冰冰的金属吻，轻轻落在仓子的脸颊。

没有人知道，因为喜欢而花费的时间能够产生什么样的奇迹。

玻璃心

01

很久很久以前，在鹤草婆婆还是个小女孩的时候，她在山上遇到过一个奇怪的木偶。

木偶坐在高高的石块上面，转头看到小鹤草的时候问道："嗨，请问你见过一个小孩子吗？"

"他就跟你一样大，有一头软软的卷发，也背着一个这样的包。"可能是担心小鹤草听不明白，木偶紧接着这样描述。

02

"手工城里有很多这样的孩子，你知道他叫什么名字吗？"鹤草想了想城里的居民，几乎所有孩子都有一个这样的工具包。

木偶听完，拍拍石头邀请小鹤草一起坐下。然后，指向远方小小的城镇继续说道："我感觉那个小孩在那儿。"

"我就从那来。"小鹤草说着，伸出手，牵住木偶圆滚滚的指头。

木偶有一个胖胖的身子，每一个关节都被打磨得平滑光亮，看上去就出自特别厉害的匠人之手。

"制作你的人肯定特别棒，真希望以后我也能有这样的手艺。"小鹤草不由自主地发出感慨，轻轻靠在木偶宽宽的胸膛上。

紧接着，就隐约听到有什么东西裂开的声响。

"什么东西坏掉了吗？我可以帮你修理。"她从包里掏出各式工具，关切地问着木偶。

木偶呆呆地看着举着工具的小鹤草，就像是透过她看到了其他什么人一样。

"我的心上有一个缝，最近它裂得越来越大，你可以帮帮我吗？"

木偶看看小鹤草又低头看了看自己的胸口，半晌才开口。

鹤草小心翼翼地把木偶的心取出来，她惊奇地发现：木偶虽然有着结实的身体，但最重要的心脏却是玻璃做的。

透明的玻璃被打磨得小小的，原本就易碎的材料上爬满了深深浅浅的裂痕。

"他说最喜欢玻璃，所以特意选了这个当作心脏。"木偶慢吞吞地描述着，玻璃块上的裂缝不断扩大。

"你说他是因为喜欢我才给我安了一颗玻璃心吗？"

"我猜应该是喜欢的吧，毕竟他说过以后会回来找我和我一起生活。"

木偶看着被小鹤草安置在棉布上的透明心脏，这会儿阳光刚好照在上面，小小的玻璃块发着亮亮的光。

06

"我要找个东西把玻璃补补，你等一下哦。"鹤草急匆匆地翻着包，没有注意木偶到底说了些什么。

"我每天都来等他，人们屋子里的灯灭掉的时候就下山，然后炊烟升起来的时候再爬上来。"

木偶的眼睛是两块黑色的水晶做的，他不会眨眼，所以白天黑夜对他来说其实并没有什么差别。

"那你可以去找他的呀。"鹤草捧起木偶的玻璃心，上面的裂痕比原本又深了不少。

"他让我在这里等呀，"木偶手足无措地垂着头，然后又小声说了一句，"可是我没有等到他"。

"你说什么？"

小鹤草刚问出声，便发现那颗心终于完全碎开了。

07

"不如换一颗心吧，玻璃的太容易坏了。"鹤草从背包里翻了翻，找到一个小小的铁块。

"这个会比较结实，而且不用担心，我做过防锈处理。"小鹤草把铁块打磨成心形，凑近了给木偶看。

"那好吧"，他看了看那块碎掉的玻璃。

"这也是没有办法的呀。"

就好像是在安慰自己一般，木偶这样说了一句，然后还是依依不舍地捡起碎玻璃装进了衣服口袋。

小鹤草利索地帮木偶把铁块安进去，保证说自己会再来看他，然后趁太阳还未下山赶回了家。

08

新的一天，远方的城镇又有炊烟升起。

换了铁块心脏的木偶习惯性地往山上爬。

"咦？为什么要来这里呢？"

他隔着厚厚的木头摸了摸新的心脏，在这里能看到什么，他好像忘记了。

他还是会在炊烟升起的时候，爬上山。

只是现在，他只会向赶路人这样问着："你知道我为什么要来这里吗？"

即使再没有人知道答案，他还是继续这样问着。

"我不知道。"

一遍又一遍的疑问里，只有夸布望着远方的手工城回答了他。

木头人

01

在手工城某个小镇的破房子里，有一个木头人。

谁也不知道它在积灰的桌子角落站立了多久。

每个清晨，当风穿过破碎的玻璃吹动窗帘，木头人都会认认真真地向外张望。

夸布穿过手工城路过小镇，停下来看了看它。

02

"还有一次，我变成了一个小孩，捡到了一个不错的木桩。"

"然后把它带回了家，想雕刻成一个木头人。可惜，还没有干完，我就醒了……"

看到木头人的第一眼，夸布就想起了木匠的话。

可是，这是一个完整的木头人。

于是，夸布又摇摇头离开了，一路上都不由在想：木匠在颠岛又梦到些什么？

木头人仍然站立着，样子十分怪异。

除了一双十分灵活的手，其他部位的做工，都显得有些过分潦草。

但木头人的五官却又是精细的，精细到可以清晰看出，那是一张十分年轻的脸庞。

在一个又一个见不到任何人的黄昏，暖暖的夕阳照出万物浅浅的轮廓，木头人总会抬起手，颤巍巍地抚摸着那张脸庞。

地上的影子慢吞吞地移动，被夕阳描出暖黄色的细边。

灰尘飞扬着，一半笼在光束中，一半飘进回忆里。

不知道多久之前，木头人还只是一个树桩。它在森林里，听着叽叽喳喳的鸟叫声，从清晨到黄昏。

野花开在初春，落叶掉进深秋，等待每块土地都白雪皑皑，它终于发出感慨："真是不想再这样待着了。"

光秃秃的树桩，存在于四季之外，孤零零的。

"我能把你带回家吗？"

在一场把万物映得格外耀眼的白雪之后，木桩听到了这样的话。

然后它就被小木匠带回了家，成了躺在桌上的一块材胚。

如果木偶在这儿的话，他大概就会发现，小木匠就是他一直在山顶等待的小孩。

可惜，他不在这儿，小木匠也似乎也快不记得他了。

"我能把你做成一个木头人吗？"在远离一切的夜里，小木匠坐在木桩面前，长久地望向它，然后兴冲冲地说着。

在那个瞬间，木桩仿佛眼见满天星辰都闪闪发光。

从那之后，小木匠就画起了图样，反复修改着轮廓，细细设计起关节拼接样式。

终于在某个明媚到有些燥热的午后，他冲着还只是材胚的木头人扬起纸张。

"看，这是你以后的模样！"

06

浓重的风沙裹住夕阳，扬起的灰尘飘飘洒洒下坠着，盖在翻涌的回忆上。

又毫无收获站立了一天的木头人，望着桌边散放的工具，左手压上右手，模拟着小木匠为他雕刻双臂的温度。

可是木头冷冰冰的。

07

小木匠为他雕刻的每个晚上，木头的凉意都被覆上手掌的温度。

"真温暖啊。"

在无数个冷冰冰的夜晚，木头人总会想起那份温暖，和着被精心雕刻的温柔，被圈住手指的充实，以及完整地被雕刻出双臂和手指之后，小木匠的笑脸。

"就一直这样微笑着吧，我会变成你想让我变成的模样。"

在小木匠看不见的角落，木头人笨拙地朝着他的背影挥了挥手。

但，小木匠再没有回来，就好像是在某一天突然消失了。

08

"真孤独啊。"

只有双臂的木头人在桌边站立着。

它等啊等啊，回忆着那个温暖的笑脸，从清晨到黄昏。

然后就又被冻得冷冰冰的。

09

某个清晨，风吹动窗帘。

木头人用光秃秃的手臂，一点一点接近着桌面，举起小木匠放在桌上的工具。

然后一刀一刀，把自己刻成了图样中的模样。

10

只是最后，它迟疑了一会。

然后勇敢地刻出了一张和图样不一样的脸庞。

那是小木匠的脸庞，它日思夜想的脸庞。

等待是一刀刀，把我刻成你的模样。

玻璃窗

01

小镇的房子里，有一个玻璃窗户。

每天清晨，擦身而过的鸟叫声把阳光唤醒。

玻璃闪闪发光，睁开眼睛，新奇地朝外张望。

"真是好看的景致啊。"

路过的身影来来往往，玻璃总是独自这样看着。

02

在耀眼的晨光中，玻璃数着秒，迎接整座小镇苏醒。

漫天星辰里，它就盯着远方的光点，等到全部熄灭，就闭上眼。

"真的是非常好看啊。"

比起暗沉沉的窗户，周边的一切都是活生生的。

但在流动的时间里，好像所有东西都离它远远的。

03

面前的身影换了又换，消失在黄昏里，轮廓被慢慢拉长。

"偶尔也希望，有什么能为我停下啊。"

夕阳拽着黑色斑点的尾巴，飞快地消失在地上。

方方正正的玻璃，数遍了清晨和沉沉星光。终于在每天流动的景致里，这样感慨着。

然后一场耀眼的大雪落下，一块木头被安置在它的身旁。

04

那是一块被小木匠带回的树桩，被安置在玻璃面前的桌上。

在远离一切的夜里，小木匠总是坐在它面前，长久地望向它。

但在谁也不知道的角落，玻璃曾留意它两侧斑驳的裂痕，也曾数过树桩顶端的年轮。

流动的时间里，有人停留在了它的身旁。

于是，玻璃再也不能留意窗外的景致了。

05

"我能把你做成木头人吗？"

满天星辰闪光，玻璃听到小木匠这样问着树桩。

"不可以。"玻璃这样想着。

小木匠坐到一旁画起图样，玻璃终于鼓起勇气，想和树桩说第一句话。

"你不愿意被做成木头人的吧？"

玻璃原本想这样问它，但它张了张嘴，无声的，徒劳的。

它发现自己发不出声音，它说不出话。

06

小木匠画出图样了，他朝着树桩扬起纸张。

"看，这是你以后的模样。"

然后拿起刻刀，一下一下，雕刻出手臂，打磨出身体。

"你疼吗？"

玻璃想轻声问问树桩，但它什么都说不出，只能望着地上的碎屑，顺着风向，四下飘荡。

07

"真疼啊。"

一个黄昏，树桩笨拙地举起仅有的双臂朝着小木匠的背影挥手。

但，他再没有回来。

玻璃望着树桩，既不是原本的模样，也不是图样中的模样。

于是，在每个树桩朝外张望的清晨，玻璃都无声替它呻吟着。

"真疼啊。"

"真孤独啊。"

08

在那儿之后，树桩回忆着一个笑脸，从清晨到黄昏。

而在它的时间之外，玻璃仍然长久地望向它。

什么也说不出，什么景致都不能入眼。

更寂寞了，比无望等待的树桩还要寂寞。

09

　　某个清晨，树桩慢吞吞地移动手臂，一点点接近桌上遗落的工具。

　　然后一刀一刀，把自己刻成了图样中的模样。

　　"想念你的时候，真孤独啊。"

　　每刻一刀，玻璃都好像听到树桩这样讲。

10

　　"想告诉你，想告诉你我在这里……"

　　"我陪着你，一直一直……"

　　玻璃咆哮着，积攒了情绪，却仍然静悄悄的。

　　"想告诉你……"

　　木屑悠悠落下，却发出巨大声响。

　　无声的玻璃碎了，轰然砸出一生唯一的呼喊。

　　"我喜欢你……"

　　如果树桩能够听懂，它应该是这样说着。

鸟

一棵高树上，生活着这么一只鸟。

鸟每天都在半空低低地飞着，没有任何目标，它自己也不知道应该去哪儿。

"真疼啊。"

一个清晨，温热的太阳在枝杈间散着暖暖的光，鸟听到一声巨响包裹着这样的话。

它挥动翅膀，飞向那道声音的方向。

碎了一地的玻璃四下发射出耀眼的光，一片一片摔成怪异的形状。

鸟站得远远的，有一块玻璃碎片继续低低地叫着。

太阳慢吞吞移动着，满地的碎片一下子又黯淡了。

那一地的玻璃摔在灰尘里，脏兮兮的，冷冰冰的。

"好疼。"

鸟望着那块没了声的碎片，也不由自主地说着。

02

在这积满了灰尘的地上，玻璃碎片动也不动地躺着。

它先是喊了句疼，才后知后觉地发现，它可以发出声音了。

终于能说出话的玻璃碎片，朝着变成了木头人的树桩看了一眼，又什么也不想再和它说了。

只是一遍又一遍地轻声说着疼，像在哭泣。

"我可以把你带回家吗？"

玻璃碎片突然听到了这样的问话。

03

橘色的黄昏中，鸟穿过片片浓淡不一的云，衔着玻璃碎片往家的方向疾疾飞着。

即使它那样问玻璃碎片，对方却没有回答。

"夕阳的风很舒服吧？"落在树上，鸟把碎片安置在开了大半的花里，迫不及待地这样问着。

玻璃碎片没有说话，有风刮过，周围静悄悄的。

"好像风都是橘色的啊。"

鸟顿了顿，又继续说道。

04

从那之后，玻璃碎片就离开了木框，离开了树桩，倚在低低的枝杈上。

平时没有任何目标的鸟，在整日的飞翔中，变了模样。

在离开树的路上，它慢慢振翅，远远回头向后张望。

傍晚回去的时间里，鸟埋着头，不管不顾地飞着。

等终于看到玻璃碎片，它才喘着气，自顾自地陈述起它和碎片一起眼见的天空，今天又被夕阳染成了什么颜色。

05

"粉红色的黄昏。"

"透着奶白色的云层。"

在无数个这样的黄昏中，鸟站在离玻璃碎片不远的树杈上，无数次自问自答。

但玻璃碎片还是静悄悄的，没有说话。

只是碎片中映出的鸟的轮廓，比以往都要清晰了。

06

又是橘色的黄昏，垂着头的鸟衔起碎片，飞向远方。

某座陈旧的房子前，它把碎片放在地上，在仍然散了一地的碎片里收起翅膀。

"我要和你告别了。"

"擅自把你带回家，真是抱歉啊。"

鸟觉得自己应该要说很多的话，可当它打算开口时，满脑子想的都是玻璃碎片那时的低低呻吟。

"真的好疼啊。"

07

在某棵高树上，有这么一只鸟。

它曾经降落在一地玻璃碎片上，偶然相遇，也打算草草告别。

但是在告别现场，橘色的夕阳染上绯红，它终于听到玻璃碎片开口说话。

"你总是喜欢解读别人的想法吗？"玻璃碎片蒙上粉色的光，倒映着鸟的模样。

鸟的声音打着颤，蒙蒙的，"你不说话，我就只能猜啊。"

"那你现在问我吧。"

扑通扑通，鸟抬头望着天空。

"那我问你噢，喜欢我吗？"

"嗯，喜欢呀。"

我不说话的时候，也有在努力喜欢你。

稻草人

01

天渐渐黑了，风越起越大，老裁缝慢腾腾地从藤椅上爬起来，关上店门。

裁缝店开在小镇的边缘，原本总有人带着破损的又或者是不合身的衣物过来修整。

老裁缝回到光秃秃的柜台前，看着木箱里那些许久没有再用过的老伙计，现在已经很久没有人来了。

"咚咚……咚咚咚……"

外面街道上传来木棍敲击地面的声响，老裁缝躺回藤椅上，想着明天是不是也应该出门走走。

"反正店整天开着也不会有人光顾。"

老裁缝这样想着，叹一口气眯上了眼睛。

木棍撞击地面的声响在裁缝店前停住，老裁缝睁开眼睛仔细听着。

"沙沙……"

老旧的门板似乎被叩响了，但发出的声音又是这样轻微。

老裁缝披上外衣，有些不确定地走到门前拉开了门板。

微弱的月光下，一个略显破烂的稻草人在门前规规矩矩地站着。

他一手捂着胸口，另一只手有些不知所措地向老裁缝打着招呼。

"你好，我这里好像长了一个奇怪的东西，你可以帮我取出来吗？"

02

稻草人穿着一件袖口和下摆都烂成条状的衬衣，头上戴了一个发白到看不出本来颜色的帽子。

老裁缝把稻草人迎进来，尺寸不合的遮阳帽边缘绣着几片白白的雪花，稻草人局促地取下帽子捧在手上。

"你说你这里长了一个奇怪的东西？"老裁缝指着自己的胸口，和蔼地问着稻草人。

稻草人紧紧捏着帽檐边缘的手放松了几分，呆呆地回答："是的，它让我很不舒服，我想请你帮忙把它取出来。"

老裁缝戴上眼镜，不太明白稻草人的意思，但还是按照他的意愿取了裁衣刀在他指着的地方划了一道。

长长的稻草顺着刀口断开，老裁缝扶正眼镜，不可思议地仔细看着。

稻草人的胸口长出了一颗心来。

03

干枯的稻草里真的生出了一颗小心脏来，它缓慢而又切切实实地跳动着。

"这是属于你的心脏，为什么要把它取出来呢？"

稻草人静静地低头看着，裁衣刀划开胸口的时候他都没有露出任何情绪，可是盯着心脏他却那么难过。

"因为它每跳一下，我都会想起那个小姑娘。"

"她有成熟的麦子那样金黄色的头发，脸蛋像极了红扑扑的苹果。"

"她边说不能晒着边给我戴上遮阳帽的时候，好像所有微风都在我面前轻轻拂过。"

老裁缝想象出一个画面，稻草人长久地站立着，朝着小姑娘离开的方向久久张望，然后突然生出一颗柔软的心脏来。

"可是她再没有出现，没有来取走她的帽子。"

"真的要取出来吗？"老裁缝动手之前向稻草人确认。

稻草人垂着眼点了点头，在老裁缝手中的剪刀靠近的时候，突然又退了一步。

"我不想取出来了，取出来我就什么都没有了。"

04

老裁缝取了新鲜的稻草，仔细地把稻草人心口的刀痕填上。然后站在门边，冲他挥手告别。

暗暗的路灯下，稻草人孤零零地跳动着。

大风吹过，他迎着风举起了手中的帽子。遮阳帽被风吹得老高，吹到别处去了。

　　帽子摇摇晃晃从夸布身边飞过，稻草人望着模糊的轮廓。仿佛帽子已经飞回了她的身边。

杂货铺

01

"这是我的帽子。"

夸布站在杂货铺旁,看着面前的小女孩。

她有着金黄色的头发,个子比夸布还要高出一头。

夸布取下帽子,递给她。

小女孩接过去仔细看了一会儿,又有些不确定地看着夸布:

"稻草人,你变成真的人了吗?"

02

"这是我捡到的。"

事实上,夸布之前在路上,看到有一个帽子从他身边飞过。

但他不确定,在杂货铺附近捡到的这个,和它是不是同一个。

"现在把它还给你。"

"我叫芥子。"小女孩接过帽子,向夸布介绍完自己,继续问着："你没有见过那个稻草人吗？"

03

"他穿着一件看上去脏兮兮的衬衣，在一块麦田里站着。

有一次，我从麦田经过，好像听见他说："好热啊，真的好热。"

夸布点了点头，麦田那样的地方，总是没有任何遮挡。而且，稻草人又总是需要站得高高的。

芥子轻轻把帽子戴在头上，继续说道："于是，我就把这个帽子给了他。却被所有人笑话了。"

04

"为什么？"夸布有些不明白。

芥子解释说："我说稻草人觉得太热，我必须把帽子给他。"

"但所有人都说，稻草人是不会热的。"

芥子又取下帽子，扇了扇风。

"稻草人就该这样站在那儿。"

"它怎么都不会觉得热。"

"稻草人又怎么会说话？"

"他们都是这样说的，就好像真的是我听错了。"

05

"你被他们说服了？"夸布这样问了一句。

芥子点了点头："我被说服了，承认稻草人不会说话。"

"也努力想忘记这个帽子的存在。"

说到这儿，芥子突然换了语调，有些轻快地说着："但后来，我还是回了那片麦田。"

06

"只有被自己说服，才能相信那是假的。"

太阳慢慢下落了，在天际拉扯出一层金黄的纱。

夸布望着好看的黄昏，恍惚觉得，自己和芥子一起回到了那片麦田。

"但我没有在麦田找到稻草人。他消失了，没有一点踪迹。帽子也不见了。"

07

"但现在，帽子回到了你的身上。"夸布这样对芥子说。

芥子飞快地点了点头："站在麦田的那一刻，我就觉得，别人是怎么说的，一点都不重要了。我知道，自己曾经在这儿听见稻草人说话。而且，他现在还在路上。"

"他曾经带着我的帽子，去过远方。"

老怪兽

"不要摸黑出门玩呀。不然你摔跤的时候，躲在树后的小怪兽还得扶你起来；要是你摔疼了含着眼泪的话，还得害他委屈巴巴地把过冬的存粮都分出来哄你。"外婆念叨着不知道从哪里听来的话。

芥子趁外婆盖着毛毯在躺椅上打瞌睡的空当，偷溜出门，往林间的山道一路小跑。

月亮挂得高高的，被同样高高的树盖得看不分明。

小路上隐约的月光越来越淡，芥子从身后被满满当当的食物塞满的背包中翻出手电。

按下开关，圆圆的暖黄色光芒映在地上，比遥远的月亮还亮。森林里叶子落了一地，踩在上面发出沙沙的声响。

芥子坐在一个小土坡上，把周围的树从高到低挨个数了一遍，还是没有怪兽出现。

02

"是不是得摔倒才行？"

芥子这样想着，挑了一块落叶铺得最厚的地方，轻柔地把自己绊了一跤。

"连假摔都学不会的孩子，就不要来骗兽啦。"

最粗壮的那棵树后，怪兽皱着眉摇了摇头，转身要走，但回头望望，又板着脸慢吞吞地朝着芥子走去。

芥子被拉了起来，首先看到的是伸向自己的毛乎乎的爪子，然后便是浑身都被毛包裹着，但还是显得异常瘦弱的怪兽。

"不是小怪兽，是老怪兽。"望着怪兽已经变得灰白的毛发，芥子这样想着。

老怪兽却突然跑远，很开心地捧回了一堆果子。

果子被擦得很干净，但每个表面都有不同程度的破损。

怪兽他已经太老了，再爬不上高高的树。只能每天坐在树下，等着有熟透的果子掉落下来。

芥子取下背包，把各式各样的食物都取出来："你不用把过冬的存粮分给我，我带了很多吃的。如果你愿意的话，都可以收下。"

"不……不是存粮，我不吃这种果子的。"老怪兽话说得磕磕绊绊，盯着芥子望了很久，宝石一样的眼睛慢慢暗了下去。

"不是她啊。"

老怪兽挨个捡起放在地上的果子，小声地对自己说。

04

弯着腰捡果子的老怪兽，像一块失了水分的枯木。

芥子看着他，捡起了离自己最近的那颗果子。

"看起来好像很好吃的样子，我可以尝一个吗？"

果子很酸，芥子咬了一口舌头都涩涩的，朝着怪兽的方向说道："真的很好吃啊。"

老怪兽突然又放松了下来，满身长长的绒毛好像都垂顺了几分，他慢吞吞地靠着芥子坐下。

"她也喜欢这种果子。"老怪兽这样说着，把果子都塞进芥子怀里。

"全都要给我吗？不留一些给她？"

芥子看着怀里满满的酸果子，盘算着怎么说出点拒绝的话来。

老怪兽盯着他那肿得变形的脚趾，"她大概不会再来了，从那天她被树根绊倒之后，我每晚都在这里等她。"

05

"叶子绿了又掉了，果子熟了又坏了。我爬不上树再摘不到最新鲜的果子了，她都没有出现。"

听老怪兽这样讲着，芥子拿过一旁的包，把所有果子都装了进去。

"你还想再给我讲讲故事吗？"

老怪兽不说话的时候，像一个被风雨打磨得坚硬的石头，芥子试图让他再说些什么，但他只是摇了摇头。

"你以后不要再来了。"芥子向老怪兽告别的时候，他突然这样说着。

像是郑重地拒绝，又像是恳切的请求。

芥子悄悄推开门，外婆依然在躺椅上睡着。

背包安置好，手电藏好，芥子倒在床上，累得睡出了呼噜声。

外婆醒来下意识去看看芥子，把被踢开的被子盖好，想着明天是不是该洗洗背包。

"好像在哪里见过，好像又没有。"

包里沉甸甸的，外婆打开，望着被压得歪七咧八的果子说道。

昏暗的森林里，老怪兽蜷缩着身子，瞅着洞中剩下的、已经接近腐烂的果子。

"她不会来了，今天出现的孩子也一样"，他这样向自己反复强调。

马上又要入冬了，不要再等了，不能再等了。

粉刷匠

粉刷匠又开始工作了。

他提着工具，示意靠站在白墙下的夸布让让。

夸布朝前方走了几步，一回头，发现无数色彩在粉刷匠的手下盛放。

"真好看啊。"他这样说着。

泡完热水澡从一天的劳累中解脱出来，粉刷匠重重倒在松软的床上。

他捏了捏有些酸疼的胳膊，考虑着是不是应该换个工作。但还来不及想出结论，就一下子进入了梦乡。

他梦到自己又面对着一片白白的墙壁，蘸着黏糊糊的涂料，干着和平时完全没有差别的枯燥工作。

"不过这面墙可真长啊。"梦中的粉刷匠这样想着，他上下不停摆动着手，可是不管多累也看不到头。

粉刷匠放下手里的刷子，坐在地上沮丧地盯着未完成的墙面。

然后，就听见墙里传出了声音。

"咚咚咚——"

粉刷匠疑惑地贴近墙壁，发现里面确实是有这样的声响。

就像是有谁在敲门。

03

"你是谁？"

他这样问道，没有人回答他。

但伴着愈发急促的敲击声，空白的墙面上突然开出了花。

"真好看啊。"

粉刷匠看着鲜花朵朵绽开的墙壁，却一下惊醒，发现真的有人正敲着门。

粉刷匠从床上爬起来，理了理睡得乱蓬蓬的头发。

客厅的挂钟指向三点，他趿拉着鞋半眯着眼睛打开了门。

"请问你可以帮忙刷一面墙吗？"一只黑色的猫咪摆着长长的尾巴蹲坐在门外。

猫咪身上的毛发被露水沾得湿漉漉的，粉刷匠看了看还黑蒙蒙的天空，难以置信地挠了挠头。

04

"那天我和福柏经过广场，大家都在夸你粉刷的墙面漂亮。"

"请问你可以帮我刷一面墙吗？"

猫咪起身，围着粉刷匠转圈圈。

粉刷匠把猫咪迎进房子，打着哈欠，敲了敲挂钟提醒猫咪注意时间。

"我可以帮你粉刷墙面，但等天亮好吗？"

猫咪的头跟着钟摆左右晃动了一阵儿，才回过神来："可是我只有晚上才能单独出来。我原本可以早一点到的，但因为不确定你住在哪里所以耽误了很多时间。"

"好吧，那你想用什么颜色？"粉刷匠蹲下身子问他。

"要用上所有颜色。"猫咪兴冲冲地说完，留了一句"我要先赶回家了"，便从门口跑了出去。

05

粉刷匠准备了他见过的所有颜色的涂料。

到了晚上，猫咪果然又敲响了门。

"今晚福柏睡得早"，猫咪一边给粉刷匠带路一边这样向他解释。

粉刷匠提着重重的桶，看着猫咪一路咬着花茎，摘了满嘴的花。

终于到了目的地，猫咪打开门，把花小心翼翼地安置在桌上。

"你很喜欢花。"

粉刷匠看着客厅大大的墙，取出刷子准备开工。

"是福柏喜欢。"

听着猫咪这样回答，粉刷匠突然有了新的想法。

他用有所有颜色的涂料在白白的墙上画着鲜花，就像是在梦里见过的那样。

完工的时候，猫咪拖出一个箱子，告诉粉刷匠说："除了那张画，里面所有的东西你都可以带走，作为报酬。"

粉刷匠看着那张线条完全歪扭的画，依稀辨认出是一只毛茸茸的猫和一个头发长长的小女孩。

"我已经得到报酬了。"

粉刷匠看了看墙壁，在日出之前挥手告辞。

"早上好。"

房间里睡醒的小女孩摸着床板慢腾腾地站起来，黑色的猫咪跑过去用长长的尾巴圈住她细细的脚踝。

"我们家里长出了一面比广场更好看的墙。"

福柏什么都看不见，猫咪小心翼翼把她带到粉刷匠刚刚涂好的墙边。

"墙是什么颜色的？"福柏轻声问着。

"是所有花的颜色。"猫咪这样向她描述。

"嗯，我闻到了，是所有花的颜色。"

爱意开出花，无比热烈。

一朵又一朵，在墙面上肆意开放。

妖怪与赞美诗

01

森林里住了一只妖怪，他每天小心翼翼地照顾着几棵桃树。

不下雨的时候，妖怪满森林寻找着宽大的叶片，然后摘下，急吼吼跑向河边接水，却被边走边漏的水滴溅得满身都是。

流浪的诗人从森林路过，胆战心惊地放轻了脚步。

02

"我不吃人。"

妖怪先是欢快地摇了摇尾巴，然后，就紧张地甩了甩爪子。

诗人躲在一棵树后，盯着妖怪尖尖的牙齿。

妖怪连忙把嘴捂住，紧接着，诗人又看到了他锋利的指甲。

"我真的不吃人。"

妖怪放下爪子，徒劳地解释着。

谁也不知道，诗人到底有没有相信他。

但这个时候，妖怪看见对方慢吞吞点了点头。于是，他兴冲冲地邀请诗人去参观他的桃树。

在树下，妖怪向诗人讲起谁也不知道的森林往事。

"你怎么了？"

妖怪好像看到诗人发抖，这样问着。

"没什么，我要走了。"

森林里有吃人的妖怪，村里所有人都知道这件事情。

因此，他们在村庄边界围起高高的栅栏。

每到夜晚，都派人轮流守卫。

流浪的诗人穿过森林，轮班的村民从瞌睡中惊醒。

"他竟然毫发无伤。"

大家拉着诗人看了又看，无数次这样感叹。

村民们请求诗人帮忙除掉妖怪。

诗人站在人群中央，对着满地的武器轻轻摇头："给我一朵花和一杯果酒。"

花房里最艳丽的一朵小花，被安放在上衣口袋。

诗人喝着果酒向着森林远去，身后的惊叹声不时响起，快要汇成一首赞美诗。

06

诗人再次来到森林，把小花放在一棵树下。

妖怪看上去非常开心，蹦蹦跳跳摘了一捧野果给他。

"不用。"

诗人摆摆手拒绝野果，妖怪挠挠头，亦步亦趋地送他。

一路来到村庄边界，诗人被热情的村民包围，妖怪被大大的铁笼关住。

07

笼子里面关了一只妖怪，村民们围着笼子指指点点。

他辩解说，"我不吃人。"

没有人理会他，于是妖怪的目光穿过人群，看向流浪的诗人。

"他不吃人？"不知道是谁问了一句。

诗人说："我放花的地方有个土坑，里面埋了一个人。"

08

村民用铁锹挖开泥土。

那棵桃树下，有一副旧年枯骨埋着。

"呸，还说不吃人！"

"杀了他！"

"杀了他！"

大家拍手骂着，妖怪抱着膝盖慢吞吞地蹲下。

09

很久以前，有一个人奄奄一息地倒在桃花树下，说最喜欢桃花。

所以，妖怪用爪子挖出一个坑，把他埋了。还在附近种满桃树，开出一整个天际的桃花。

事情就是这样，他也是这样告诉诗人的。

但站在人群中的诗人，这会儿却凶恶地看着他，把他吓得说不出话。

有一个孩子，捂着眼睛从指缝偷看，说："他好像害怕。"

一旁的大人回答，"他吃人的报应就要来了，当然害怕。"

10

森林里住了一只妖怪，夸布远远地望见了他。

妖怪匍匐在地上，毛发黏成一坨，成群的虫蝇围绕着发黑的血迹。

"我不吃人的。"

地上新翻的土，不知盖住了坑里的什么。

妖怪哀嚎着，干呕着。

从来都没有人相信他。

小丑镇

01

夸布路过一个奇怪的镇子。

这个镇子的界牌上画着一只夸张的小丑帽，黄色与红色相间，下面还坠着几颗巨大的铃铛。

他好奇地走进镇子，刚走了几步就被一个小丑迎住。

小丑穿着肥大的尖头鞋，套着红白条纹的连体服，脸上用颜彩画着粗粗的眉毛和巨大的微笑。

走动的时候，他帽子上的铃铛会叮叮作响。偶尔捏一捏红色的大鼻子，又会发出热水烧开的那种声响。

夸布看着小丑忽快忽慢地往前移动，快要到眼前的时候他抬起手，向小丑打着招呼：

"你好，我今天刚巧路过。"

02

小丑眨着眼睛，没有回应。反倒是转过身子鼓捣了一阵，递给他一个礼物。

夸布十分惊喜，把小巧的礼物盒接过来捧着。可是刚想打开，就有一只连在弹簧上的塑料青蛙从里面弹了出来。

夸布紧张地伸直胳膊把礼物盒举得老远，小丑大声笑着。

装扮不一的小丑接连从巷子里走了出来，全都带着有些刺耳的夸张笑声。

03

他一点都不喜欢这种恶作剧式的交流方式。

夸布把礼物盒塞给面前的小丑，对方却脱下帽子向他鞠了一躬，解释说："如您所见，我们整个镇子里都是小丑。刚刚只是我作为镇长的一个欢迎仪式，如果您不喜欢，那我必须向您道歉。"

镇长小丑又把帽子带上，夸布看了看高矮胖瘦都作小丑打扮的居民，不可思议地挠了挠头。

"能否邀请你留下来参加我们明天的镇长评选？"

镇长小丑接过一只气球递给夸布，所有小丑都期待地看着他。

04

"镇子每个季度都要评选一位镇长，往年真是特别不容易。大家都太想承认自己比别人厉害。"

夸布留在镇长家里，一早醒来就看见他正对着镜子准备。

"这次你在的话，一定能很快就决出优胜。"

他在脸上涂着艳丽的颜彩，觉得不太满意又卸了重新来过。

夸布坐在客厅的木椅上等了好久，镇长小丑终于把自己收拾妥当，拉着夸布走出了门。

镇子中央的广场上聚集了很多小丑，巨大的喷泉前面不知什么时候搭起了圆形的舞台。

夸布被簇拥着站在上面，舞台高高的，所有的小丑装扮都能看得清清楚楚。

05

居民们开始挨个向夸布展示自己的精心准备。

他们好像都发现了夸布不喜欢被整蛊，于是使劲儿在自己身上做着文章。

举着氢气球的小丑慢腾腾地把手松开，然后徒劳地跳起来想把它们抓住。

扔着彩球的小丑把小球抛得高高的，最后都砸在自己头上。

踩着大球的小丑被累赘的鞋子绊倒，大球顺溜地滚得老远……

镇长捧着一个蛋糕上台，被最后一层台阶绊倒，整张脸刚好砸在油腻的奶油层里。他手忙脚乱地爬起来，又发出那种夸张的笑声。

大家开始争辩谁表现得更加厉害，还是笑着，却声嘶力竭。

夸布看着吵得不可开交的小丑们，蹲下身子，不由自主地捂住了耳朵。

在这个所有人都涂着夸张笑容的世界里，整个世界都不开心。

修理匠

这是一个发生在偏远小镇的故事。

如果非要说小镇和其他地方有什么不同，那就是这住了一位厉害的修理匠。

01

修理匠刚从一天的劳累中解脱出来，懒洋洋地躺在床上，便听到了一阵急促的敲门声。

"请等一下，我马上就来开门。"

整理好身上有些凌乱的衣物，修理匠趿拉着拖鞋上前开门。

"大概是有什么急事"，修理匠不由得这样想着。

小镇的居民都知道不管是什么东西坏了，都会被修理匠修好，所以即使是敲门也总是慢吞吞的。

"修理匠，请帮个忙吧！"

门外站着一个小丑，他穿着肥大的尖头鞋，套着红蓝相间的条纹长袍。

满脸被涂上了白色颜彩，眼睛和嘴唇周围用鲜艳的红色圈出夸张的轮廓。

"怎么了？到底是什么坏了？"

修理匠正这样问着，便看到小丑用手紧紧捂住自己的耳朵，颤抖地蹲坐到地上。

"耳朵里好像进了什么东西，请把它取出来吧。"

03

修理匠将小丑扶进了屋，他惊讶地发现，在小丑显得宽大且臃肿的长袍下，是一副过于瘦弱的身躯。

"在开始之前，你需要休息一下吗？"修理匠提着工具箱，这样问着。

"请你快开始吧，那个东西一直在响，发出我绝对不想再听到的声音。"

小丑松开牢牢捂住耳朵的手，无精打采地垂着头。

于是修理匠取出镜子与镊子，将镜子细细的柄部拉长，小心翼翼地伸入小丑的耳朵。

"你看到它了吗？快取出来吧。"小丑不安地问道。

修理匠仔细地看了又看，有些不太确定地回答：

"如果我没有看错的话，应该是个小小的木疙瘩。"

耳朵里长出一个奇形怪状的木疙瘩。修理匠收起镜子，正想着这是一件多么奇怪的事情，便看见小丑点了点头，解开了他那累赘的袍子。

"应该就是它了。"

小丑的语气听不出情绪，修理匠放下手里的工具转过头来，发现小丑有着一个做工粗糙的木制身躯。

05

准确来说，小丑的所有身躯和关节都是木制的。

因为涂了满脸的颜彩，又穿着一件厚实的长袍，修理匠才没有立即发现。

"这样的话，就会非常方便。"

修理匠取了裁木刀，在小丑打磨的不算光滑的脑袋上划了一道口子，完整地取出木疙瘩。

"这些是什么声音？"

取出的木疙瘩被安置在一旁，依然不停地发出有些刺耳的声响。

"我表演时发出的笑声。"

可能是担心修理匠听不明白，小丑又紧接着这样说道："你知道的，小丑总是发出这些声音。"

"况且，我一开始，注定就是要当小丑的。"

06

"你不喜欢这些声音？"

修理匠在得到肯定的回答之后，将小木疙瘩扔进一旁的机器里磨得粉碎。

声音停了，小丑也终于放松下来。

"我一点都不喜欢笑。可现在我的耳朵里竟然又长出这个了不得的东西，整日整日重复鸣叫。"

小丑声音悲伤得不行，但他脸上依然是那幅夸张的笑。

"不喜欢就可以不笑啊。"

修理匠的大手盖上小丑硬邦邦的脑袋，说着理所当然却又十分棘手的话。

"但就像你看到的，我就只有这一种表情。"

小丑抬头望向修理匠，从他被制作完成后，脸上的颜彩就像是一个取不下的面具，完完整整地将他的所有情绪笼罩在夸张的笑里。

07

"那我帮你换一个吧。"取出清理剂，修理匠拉着小丑的手问道:

"你想要一张什么样的脸呢？"

"除了笑，什么都好。"

小丑先是这样说着，然后望了望地上原本属于小木疙瘩的碎屑，又换了主意。

"要一个悲伤的表情吧，我不喜欢这个世界，也不喜欢自己。"

修理匠按照小丑的要求，用淡淡的蓝色，涂了一张看上去十分悲伤的脸。

于是当小丑离开的时候，他那强制性的笑脸变了。

变得好像随时要哭出来一样。

除了修理匠和他自己，再没有人知道，他究竟为什么看上去那么悲伤。

故事家

01

镇子中央的故事放送机坏了。

修理匠在周末清晨的睡梦中，被连续的敲门声叫醒，然后被告知了这件事情。

"不要着急。"

修理匠套起床边的衣服，戴上眼镜，慢悠悠地去开了门。

然后，在急切的催促声中，回头取了工具箱。

那是不知道从什么时候开始，就一直站立在小镇中央的放送机。

真要追溯起时间来，说不定放送机比修理匠出生的年岁都长。

"让我看看你哪里出了差错。"修理匠抬抬眼镜低下身子。

被打造成人形的放送机，戴着一顶有些褪色的帽子，黑乎乎的晶体安置在圆鼓鼓的木制脑袋上。

如果不是放送机发黄变硬的白色长袍下只有一个十字形的木棍支撑，修理匠几乎就要觉得，面前正站着一个做工精细的木偶人。

02

"原来是卡住了啊，别担心，马上就能修好。"

修理匠打开放送机脑袋后方的小方块，修理了一番之后用手拨动齿轮，所有关节都连带着一起运转。

"讲个故事吧。"

修理匠像往常一样，对着放送机说完便猜测着会听到一个什么样的故事。

可是四周静悄悄的，他等了很久，放送机都没有开口。

"难道还没有修理好吗？"

修理匠疑惑地又拿起工具，正打算站起身子的时候，便听见有了回应。

"修……修好了。"

生涩又沙哑的声音在耳边响起，修理匠仔细辨认着，终于确认那是放送机的回答。

03

"没有故事了。"放送机继续这样说着，好像是失控一般。

"为什么没有故事了？"

在修理匠的记忆里，放送机从来没有停止过讲故事，而且从不重复。

"因为故事家送给我的所有故事都讲完了。"

就像是为了证明一般，放送机甚至开始细数所有他讲过的故事的名字。

"故事家？"修理匠的询问打断了他的复述。

放送机停顿了一会儿，似乎是认真将思绪拉回正轨，才开始回答：

"一开始他把故事讲给我听。后来可能是想讲给更多人听，就把我变成这个样子，放到了这个地方。"

04

"原来是放送机的制造者啊，真是了不起的人物。"

修理匠这样想着，然后便听到了放送机的请求："你能帮我叫一下故事家吗？我需要他再送我一些故事了。"

"我很想他。"

修理匠正烦恼该如何回答，放送机却开始自顾自地谈起了他与故事家地过往。

"对不起，我可能是因为马上又要见到他了，所以兴奋到有些失控。"

可能是意识到对方好久没有说话，放送机停了下来，甚至轻声说了抱歉。

"不知道你有没有发现，你一天只讲一个故事。你的故事是有限的，每个人能存在的天数也是有限的。"

"什么意思？"放送机不解的询问声响起。

修理匠正打算解释，便听到一声尖锐的响声在耳边炸裂开来。

05

镇子中央的故事放送机坏了。

修理匠在漫天的木屑中，确认了这件事情。

伴随着尖锐的响声，十字形的木棍在空中孤零零立着，放送机木制的脑袋散做飞灰，两颗晶体在阳光下闪闪发光。

而掉落在地上的仍在运转的机械关节，充满喜悦地重复着一句话：

"嗨，我来送你一个故事。"

那可能是故事家的声音吧，修理匠猜想。

造星人

这是一个发生在不知名小岛的故事。

小岛一直在湖面漂浮，没有名字。

01

夸布在船上晃晃悠悠醒来的那会儿，正是凌晨。

太阳从最东边的湖底往上爬，星星在半空中挂得低低的，好像要泡进泛着涟漪的湖水，小岛就是在这个时候漂了过来。

那是一座很小的岛，夸布站在船上踮起脚，可以轻易从这头望到那头。

岛上有大片高高的石块，顶部被太阳照得亮堂堂的，浸泡在水里的部分，却依稀透出属于星星的、暖黄色的光来。

夸布抬起头望了望天，最后一颗星星消失在太阳光下，他下意识看了看依然在缓缓前进的小岛。

不断有星星从小岛的边缘漂出，流动着汇聚在小岛底部。

就像是无数发光的星星，被编织成巨大的、控制着方向的绸缎。

小岛被流动的星星托举着，在望不到头的湖面飘荡。

02

"这真是一座奇怪的岛。"

夸布这样想着，然后把小船系在最边际的石块上，踩上了光秃秃的岛面。

"你好，有人吗？请问有人在吗？"

微风带着潮湿的气息把声音吹散，岛上静悄悄的，没有人回答他。

夸布挠了挠头，朝着之前发现的、星星漂出的地方慢吞吞地走了过去。

小岛最高的石块后面，有一颗毛茸茸的脑袋露了出来。

"你好哇。"

夸布快步往前跑了几下，礼貌地打着招呼。

"你好。"

那是一个不太灵活的木头人，连说话都是硬邦邦的。

夸布在他身边坐下，发现木头人身上有很多被风吹裂的口子。

然后木头人又哼起分不清原调的歌来，伸出圆滚滚的手，穿过完全裂开的胸膛，从爬满了裂纹的木头心里取出一个个小小的光团，再笨拙地捏成星星形状。

03

"为什么要把它捏成星星？"夸布这样问着。

木头人抬起头看了他一眼，说道："想念装得太满的话，我的心脏会慢慢炸开。"

湖面有星星缓缓升起，就像是一尾尾暖黄色的游鱼，膨胀着，然后突然都炸裂开来。

"就像这样"，木头人继续低下头，又补充道。

炸裂开的星星落在湖面散成无数个光点，模模糊糊组成一个人的轮廓。

"我以前可能不是木头人，只是习惯在想起他的时候，来这儿坐着。后来腿就不能动了，四肢变成了木头，连这里也是。"

盯着湖面的木头人口气终于柔和了一点，指着胸膛："可是不知道为什么，就算是变成了木头，里面还是满满都是他的影子，要溢出来。"

04

夸布抱住显得格外破旧的木头人，吸着鼻子问道："他是很重要的人吗？"

"时间太久了，其实我记不清了。"

木头人没有什么情绪，但夸布却突然觉得委屈。

"那他为什么不在？"

"他离开了，但他给我唱过一首最喜欢的歌。而且，星星会把我带去能找到他的方向。"

"要是找不到呢？"

夸布原本想这样问的，但是听着木头人突然急促的声音，又说不出口了。

"如果一直找不到的话，等心里边不会再有东西漫出来，我完全变成木头人的时候，就不会再记得了，也没有关系了。"

木头人身上的裂缝又悄悄扩大，夸布靠着他圆圆的手臂，伴着木头人哼的调子，小声应和。

"一闪一闪亮晶晶，满天都是小星星……"

夸布的声音就像咒语，所有漂浮的星星都跳动着，围着木头人舞蹈。

光芒消失，歌声消散，木头人终于能站起身子，好像变成了一幅崭新的样子。

05

夸布又登上了他的小船，向着前路晃晃悠悠地前进。

没有星星牵引的小岛停了下来，木头人站在高高的石块上，远远地向着夸布消失的方向眺望。

然后太阳落下，然后星星升起，木头人的双腿变得僵硬无力，只能靠着石块坐下。

他一直望着远方，背靠着冷冰冰的石头，哼着有关星星的歌。

后来啊，他的腿完全无法动弹，身子也慢慢生出裂缝，只是迷糊感觉有一个人，像要从他那颗不算坚固的木头心中冲出来。

木头人伸出了手，穿过完全裂开的胸膛，用他显得日渐笨拙的脑子想了想。

他把取出的光团捏成了星星形状。

而离开之后的夸布，摇着桨继续低声吟唱。

"一闪一闪亮晶晶，满天都是小星星……"

"呐，你还见过会唱这首歌的人吗？"

有人从岸边走过，夸布总会这样问他。

第二卷

梦想镇

这里有一个小镇。

夸布从镇子中央高高矗立着的石碑上得知，这原本只是平平无奇的小小村庄，直到有一位魔法师定居在这里。

他有实现所有人梦想的神奇力量，于是越来越多的人慕名而来。

01

小胡瓜花了很长时间过来，带着一条年迈的狗。

狗狗已经太老了，稍微动动便会累得喘着粗气。

所以，不长的路，他们却走了很久。

终于来到梦想镇的边界，小胡瓜在一棵大树底下遇到一个酒气冲天的醉汉。

"你知道魔法师在哪儿吗？"

小胡瓜不会说话，他小心翼翼地比着手势。

醉汉擦了擦自己红红的鼻子，机械地回答"时效只有三天"。

小胡瓜看着面前的醉汉魔法师，不安地打起手语：

"半分钟就可以的，我只想说一句话。"

02

魔法师看着趴着休息的狗狗，抖抖衣袖施下魔法。

"我喜欢你。"

小胡瓜依偎着喘着气的大狗，把头埋在它长长的毛发里，颤抖着偷偷哭泣，说着这辈子第一句话。

"我知道的。"

狗狗转过身子，蹭掉他脸上的眼泪，小胡瓜惊喜地抱着大狗的脖子。

"你怎么会说话了？"

"因为它的梦想，我也听到了呀。"

魔法师抱着酒坛，摇摇晃晃地躺上一根低低的枝丫。

镇上的人一下子涌了过来，像是迁徙的鸟。

他们已经好久没有魔法师的踪迹，争先恐后地向魔法师说着自己的愿望。

03

"我明天第一次约会，把我变成一个绅士。"青年忙不迭取下嘴里的香烟，提起快被踩掉的拖鞋。

举着游戏手柄的小孩子好不容易钻到前面，中气十足地叫道："后天要考试了，我要能考一百分的脑子。"

小胡瓜牵着狗狗避开吵闹的人群，听见他们说起不同的要求，用着相似的、理所当然的语气。

魔法师一个个地满足着大家的要求，被施了魔法的镇民一哄而散。

小胡瓜看着魔法师又坐在了树下，一个人举着酒坛，突然就觉得有点落寞。

"呐，魔法师你有什么梦想吗？"

他有点想知道像这样厉害的人想要的会是什么。

"当个普通人吧。"

魔法师摸摸小胡瓜翘起的几根头发，恍惚了一下回答。

04

小胡瓜原本打算尽快离开，但他从镇长那边得知，第四天就是魔法师的生日。

于是，在他能说话的最后一天，小胡瓜跑遍了镇上的房子。

"魔法师马上过生日了，在他生日那天，我们帮他实现梦想好吗？"

小胡瓜向每位居民这样请求。

05

到了生日那天，小胡瓜牵着魔法师的手把他带到镇中央的一个广场。

蛋糕的清香萦绕着写着"魔法师的普通一天"的巨大横幅，凝结成魔法师眼中的热泪。

"许个愿吧。"

镇上的人把魔法师围在高高的蛋糕前面，平日里醉醺醺的魔法师抹了把脸："真想一直当个普通人啊。"

气氛一下子有些凝重，不知是谁先开了口。

"这怎么行呢？不可以的！"

仿佛按下了开关一般，反对的声音此起彼伏。

06

"这里不是梦想镇吗，为什么不可以呢？"

不会说话的小胡瓜挠挠头在心里这样大声问道。

没有人听到，也没有人回答他。

只有狗狗在吵闹声中，小声呜咽着。

瞌睡谷

夸布跑进山谷的时候，正是清晨。

这是一座很大的山谷，参天的树木和满地的青草自由生长，成片的野花点缀其中。

"好像有些奇怪。"

靠坐在一棵树下，夸布才后知后觉地感受到，这个山谷好像和其他任何地方都不太一样。

山谷里静悄悄的，偶尔有风吹过，树叶发出的沙沙声把四处衬得更加安静。

夸布疑惑地站起身子，往前又走了几步。

山谷里所有的动物都睡着了。

在山谷中央，蝴蝶藏在宽大叶片下；睡着的鸟儿站在树杈上；缩成一团的兔子，像一块块野草间的积雪。

"得快点走出去。"

夸布这样想着，打着哈欠，拖动着渐渐沉重的步伐。

没走几步，他便躺倒在地上，沉沉地睡着了。

02

等到夸布醒过来的时候，太阳已经落到山下。

他迷迷糊糊睁开眼睛，听到有人在和自己说话。

"你终于醒了。"

夸布坐起身子，揉揉眼睛看着坐在自己身边的人。

那人长着乱糟糟的头发，套着洗得看不清颜色的衣服。

乱糟糟大叔望着前边蹦着跳过的小兔子，垂着眼睛向夸布道歉。

夸布不解地挠挠头，不知道该如何应对。

这个时候，大叔不知从哪儿掏出一堆水灵灵的果子倒在地上。

一边招呼着让夸布尝尝，一边又继续向他解释："我来到这个山谷，想让自己在这里沉睡下去。"

"但魔法出了问题，就变成了现在这样。"

03

"每天从深夜到傍晚，整个山谷都会安睡。"

"你是魔法师吗？"

夸布捡起一个果子，放在手里这样问着。

对方顿了顿，好像想了很久，才回答他。

"很久以前，在我还是一个魔法师的时候……我住在一个叫梦想镇的地方，每天不停地帮别人实现梦想。"

夸布咬着果子，不由自主地问他："后来呢？"

"后来再也不想帮任何人实现愿望，所以我就跑了。"

04

"为什么？"夸布原本想这样问。

但这会儿，魔法师却摆着腿直直地看着他，很郑重地说道："不知道你是为什么到了这儿来。"

"我只是经过。"

夸布不知道自己的目的地，更不知道要怎么向别人叙述。

于是，他干巴巴地只挤出几个字来，不知所措地垂着头。

"你知道我为什么要离开梦想镇吗？"

魔法师突然又这么问，夸布看了他一眼，慢慢摇了摇头。

"因为突然有一天，我想起一个问题——别人的梦想和自己，哪一个才更加重要呢？"

05

夸布其实并不明白。

好在魔法师又接着说，"自己才是最重要的。"

"这个问题，我在每一个帮别人实现梦想的时刻，都不停思索。"

"最后，终于有了答案。"

魔法师说完站起来，提醒夸布："你可以趁现在离开。到了夜晚，整个山谷，又会继续沉睡。"

06

"只需要听从你自己的内心，去做自己在意的事情。"

在离开之前，夸布听到魔法师这样对他说。

于是，夸布转过身子，用泥土捏了几个小人送他。

"我知道了。"

夸布挥着手，向魔法师告别。

圆圆的月光下面，树影斑驳，夸布的影子越来越小。

有个乱糟糟的大叔躺在柔软的草地上，看着小人笑着动动手指。

所有小人都围着他舞蹈。

精灵宝拉

01

地面有一个洞，夸布没留神，就摔了下去。

越往下，洞好像越大。

洞两边铺着一层厚实的土，夸布像坐着滑梯，稳稳下滑。

直到，他掉在软乎乎的坐垫上。

02

洞的底部，是一个非常宽敞的房间。

这个房间非常大，但看上去却不会显得空荡。因为里面被各种各样的家具填满了。

风扇、电话机，还有比较笨重的大喇叭，都在最合适的地方待着。

"这些都还能用吗？"

虽然房间里非常干净，每个家具也都一尘不染，但它们看上去都有些破旧。

"可以呀"，一个有些特别的小人回答他。

03

小人穿着宽大的袍子，身后长着蜻蜓一样的翅膀。

她飞在半空中，向夸布介绍着自己。

"我是精灵，你可以叫我宝拉。"

"这些都是你的家具吗？"夸布问了一句。

精灵宝拉摇了摇头："不是，我收集它们。"

04

"收集回来干什么？"

"清理，然后放着。"

精灵宝拉落在夸布附近的一个柜子上，慢慢解释着。

"它们看上去都很旧对吧？"

夸布点点头，确实是很旧，而且还有些很明显的使用痕迹。

"旧的东西，就容易被扔掉。

我收集它们，存放在这儿。"

05

夸布看着满房间的家具。

它们大多只是有些旧，并没有到必须扔掉的地步。

"为什么？"

夸布原本是想问为什么会被扔掉，但还没来得及补充，精灵宝拉已经开始回答：

"新旧交替，总是会有这样的事情。这就意味着，过一段时间，大概五年又或者是更短。这样的电话机和这样的喇叭，它们都会完全消失不见。"

"但它们都曾经被使用过。存储着大家的声音，记录着大家的生活，都是很了不起的东西。所以，我必须要把它们收集、保存下来。"

精灵说完，按下留声机的开关。

它可能录下的是一场晚餐，全程都没有人说话。

碗筷碰撞声叮叮作响，是一场没有办法复制的旋律。

06

"你听，这是最珍贵的回忆。"

在碗筷合奏的旋律里，精灵宝拉挥动翅膀，在半空跳起轻快的舞步。

"我喜欢这些。"

夸布也觉得这样的旋律十分动人，可是很快，声音停了。

精灵宝拉有些惋惜地说道："可是它们总是会被扔掉。"

07

"很多很多时候，人类都过于信赖自己。"

"他们总是觉得，不管是什么样的回忆，都会好好在脑袋里装着。

但事实上，大家总是会忘掉很多事情。"

"只有看到特定的东西，才会再想起来，原来还有过这样的时刻。"

精灵宝拉一边说，又一起清理起这些家具。

"所以把它们丢了，就再没有这些回忆了。"

08

"真可惜。"

夸布看着精灵宝拉忙忙碌碌地收拾着，惋惜地点了点头。

家具太多了，精灵宝拉清理了几个，就变得气喘吁吁的。

夸布想了想，试图帮忙，但宝拉拒绝了。

"以后还会有更多不同的家具，我必须要自己完成清理。而且，尽管很累，我也喜欢这么做。"

精灵宝拉歇了一会儿，又继续说着："因为这些不同的回忆，我都想好好珍藏着。它们有必须存在的理由和意义。"

剪刀谷

01

半空中出现了一朵橘色的云。

那是一朵十分普通的云，柔和蓬松。除了颜色之外，看上去和它身后的其他云层再没有什么不同。

"你要去哪儿？"

一阵声音飘了过来，从橘色的云身边擦过。

"你想要去什么地方？"

橘色的云先是望了望四周，没有看到说话的人。

于是，树放大了声音，又补充着，这样问它。

02

"我不知道要去哪儿。"

橘色的云发现了下方的树，慢慢飘荡着，轻声回答。

"其实我是在找一个地方……"

树动了几下，抖着枝杈，打断了云的话。

"你是在找剪刀谷吗？所有我见到的人，都是为了找它。"

起风了，橘色的云向上飘了几步，避开移动的气流。

树叶沙沙作响，有那么几片和它声音一道，被风吹得远远的。

"这里就是剪刀谷，你找到了。"

03

飞得高高的云往下看了一眼。

这是一个有着奇怪形状的山谷，仔细分辨的话，的确大致是一把剪刀的轮廓。

一棵树站立在剪刀轮廓的顶端，仰着头。

然后它听见了这样的回答，"可是我并不是要找剪刀谷呀。"

橘色的云慢慢向树飘近，带着轻柔柔又有些委屈的声音。

"我在找一座小岛，据说那座岛下汇聚着一群星星。"

"流动的星星托举着岛，在望不到头的湖面飘荡。"

云继续说着，树望向它，仿佛穿过云层，越过高空，见到了那座奇怪的岛。

04

"真希望你能早点找到它。"

黄昏将近，云的颜色看上去更浓烈了，浓到橘色像要快滴落下来。

树突然觉得云快哭出来了。

"你怎么了？"

"我去了很多地方，可是我找不到那座岛。怎么都找不到。我根本不知道它在哪儿。"

云的声音听上去非常难过，树手足无措地安慰起它。

"找不到也没关系的呀。"

"有关系，我们说好要一起去的。"

"和谁？"

树下意识追问了一句，云顿了顿，不说话了。

05

"一颗星星。它是黄昏里出现的第一颗星星。我们说好要一起去那座岛。"

云再说话的时候，昏暗的天空已经挂满了星星。

但不管树怎么抬头，都看不到云描述中的那颗。

"我一直停在半空等它。白天的时候，看着它消失；黑夜就猜测，它会从哪里出现。"

橘色的云望向亮晶晶的天际，声音散在了黑色的夜里。

"但定下约定后，它再没有出现了。"

06

一朵云每天孤零零地停在半空，一动也不动。

"真的太寂寞了。"

光是想想，树就觉得太寂寞了。

"后来我决定自己去那座岛，可是我也没有找到它。"

星星消失了，岛还在某片湖中飘荡。

橘色的云等待着，无望地等待着，然后终于出发。却什么都没有找到。

07

"更孤单了。"树这样想着。

树试探性地问向上方的云。

"你想把这些都忘掉吗？那颗星星，和那座岛。"

云疑惑地回头，树又详细地补充道。

"从剪刀谷的入口穿过，就能忘掉无论如何都不想再记得的事情。"

"就像是一把剪刀，把它们都剪掉。"

所有来到这里的人，都曾反复念叨：忘掉吧，忘掉就可以不必忍受，忘掉就可以不必再痛苦。

08

"我一直在空中漫无目的的飘荡，遇到星星的时候好像不孤单了。"

"但后来，等待和寻找的太久，它们拉扯着时间，更孤单了，比以前还要孤单。"

橘色的云描述起相遇和等待，然后树看见它再次起飞。

飞向了剪刀谷的入口。

09

"我以为自己不会选择忘记的。"

"但是啊，比起无尽的等待和无望的寻找，遗忘是我能做的，最简单的事情了。"

　　橘色的云又飘上了半空。

　　但这一次，它正自由地飘荡。

织云的人

01

岩石上方，出现了一朵灰色的云。

云的底端，一个小人松开手，云层晃晃悠悠升到半空。

"又是灰色的啊。"

小人正在发呆忽然听见有人这样说着。

"是啊，又是灰色的。"

"最近我织的云，全部都是灰色的。"

02

夸布坐在船上，靠近岩石，才看见是站在上面的小人在回答他。

那是一个有些奇怪的小人，就像是灰色的水汽，雾蒙蒙的。

"织云？"他疑惑地问了一句。

随后，小人伸出手，指向前方的海水。

一小簇海水上升，慢慢变成漂泊不定的云。

还是灰色。

"为什么是灰色的？"

在夸布的疑问声中，小人垂下头，慢吞吞地回答：

"我原本只会织白色的云……"

03

灰色的云层飘远了。

夸布站起身子想要迈上岩石，小人继续轻声说话。

"后来我遇到一只鸟。"

小人又继续望向远方，可是天边空荡荡的。

"因为他，我突然就能织出其他颜色的云了，比如橘色。"

夸布看着海上又冒出一朵灰色的云，实在想象不出，小人织出过其他颜色。

于是，他问道："后来呢？"

"后来他飞走了。"

小人盯着那朵上升的云，又好像是在看一只会飞的鸟。

夸布原本想问为什么，但他挨到岩石边才发现，那块岩石露出海面的部分实在是太小了，几乎只能容纳小人站在上面。

04

"他的个头太大了，这儿根本没有能让他停留的地方。"

小人轻轻动了动，夸布仰着头，继续听他说话。

"他在海上盘旋了很久，在快要失去力气坠落的时候，终于离开了。"

说到这里，小人的颜色更加灰暗了，夸布有些不知所措地望着他。

"他还会回来的。"

"一定会回来的。"

夸布原本打算这样安慰他，但小人很快又转移了话题，说起不同颜色的云。

"他跟我说过很多事情，碧绿的草地、金黄的梧桐树、夏日飞舞的红色蜻蜓……"

小人笑了笑，接着回忆："虽然还没见过，但只要他向我说起，我就能织出那些颜色的云。"

05

"可是，他离开之后，我就只能织出灰色的云了。"

"连原本的白色都消失了。"

小人又不说话了，夸布静静地看着他。

感觉就好像是一团白色的雾气，因为一只鸟，染上了其他绚丽的颜色。又在对方离开之后，成了昏暗的灰。

"你想听我讲一些事情吗？"夸布这样问着，又补充道："我也去过很多地方。"

06

"后来我才发现，我能编织出不同颜色，并不是因为听闻了那些没有见过的景色。而是因为，跟我说那些话的人，是他。"

小人摇了摇头，轻声细语。

夸布只好告诉他说，"如果我见到一只那样的鸟，那我就告诉他，有一整个天际的云朵，都因为他变成了灰色。"

07

夸布站在船上，晃晃悠悠地离开了。

他望向岩石的方向，依然有灰色的云慢慢升起。

然后，一阵风吹动海浪，哗啦哗啦。

"没有起风啊。"

夸布正这样想，一抬头，就看到一只巨大的鸟，抓握着一根粗壮的枯木从上方飞过，朝着岩石的方向。

08

枯木被抛到海里，鸟儿俯冲，站立在枯木上。

鸟儿和岩石的小人近近的相对。

夸布没有听到他们说了些什么。

但他远望，灰色的云消失得悄无踪迹。

岩石上方冒出了玫瑰色的云。

秘密海

01

有一个地方，流淌着一片海。

那是个有些奇怪的海，缓缓流动，但却不会发出任何动静。

波浪拍上岩石，溅起高高的浪花，又重新掉进海里。

就像是被凭空抽离了声音，没有发出一点声响。

一阵风从上空飞过，自言自语地絮叨着，然后发现自己说出的话，突然变成了一个个透明的气泡。漂浮着，在海面上折射出耀眼的光。

然后突然炸开来，变成水滴，颗颗下坠着。

02

"你好呀。"

风停在海面上，有些惊讶地看着它说出的话砸进海面，却没有发出任何声音。

这个时候，海无声地翻涌着，向它打招呼了。

"你也想给我讲一个秘密吗？"海继续这样问着。

风下坠了几步，轻声回应，"可是我没有什么秘密啊。"

03

"就像你看到的，跟我说的话都会变成气泡，汇成水滴，掉进海里，再不会发出任何声音。"

海泛起浪花，包裹出一个圆滚滚的气泡，继续补充道。

"不用担心被别人知道，所以大家都喜欢给我讲自己的秘密。"

风先是看了看空荡荡的天空，然后点了点头。

"我的一生，都没有什么了不起的秘密。"

"但如果你愿意听，我有一个故事……"

04

"其实我在找一朵云，那是一朵玫瑰色的云。"

风慢慢说着，海不由回忆起它每天见到的天空，想着是否有那么一天，蓝色的空中，有那样一朵云慢慢飘过。

"你喜欢它？"海这样问道。

风继续说着，没有回答。

"我不敢和她说话，一直远远地看着它。有一天我鼓起勇气，但它飘走了……"

风放低了声音望着天，就像怕惊扰了远处即将飘来的云层。

"所以，我在找它。"

05

"你知道它在哪儿吗？"

海闷声问着，连流速都放慢了几分。

"它可能在任何一片天空飘荡，但好在我是风，可以去到任何它可能在的地方。"

风又飞高了，声音散得远远的。

"这不算是你的秘密吗？"

在风离开之前，海这样问它。

06

"我喜欢一朵玫瑰色的云，不是什么秘密，是我愿意告诉所有人的事情。"

"所以，我也一定要告诉它。"

风的声音散在空中，变成气泡慢慢飘荡。

然后炸开汇成一颗透明的水滴，无声地掉进海里。

07

某个黄昏，还是那片奇怪的海。

橘色的云层把它整个染成暖色，波浪无声翻涌，海像往常一样看向天空。

在一片橘色当中，玫瑰色的云从远方而来，柔和蓬松，慢慢飘荡。

"你好呀。"

海迫不及待地向玫瑰色的云打着招呼，就像它见到风那样。

"它说这不是秘密，所以我告诉你一件事吧。"

08

海被玫瑰色的云染成粉色，它慢吞吞捧起一颗水滴。

水滴闪光，变成气泡，漂浮着，炸出声响。

那是风的声音，在说：

"这不是什么秘密，喜欢是可以告诉所有人的事情。"

"我喜欢一朵玫瑰色的云，我永远都喜欢它。"

时间岛

01

小岛边缘，蜷缩着一只怪兽。

那是一只十分苍老的怪兽，灰色的绒毛没了光泽，甚至连爪子都开始干枯皲裂，和他身后日复一日被水流撞出裂痕的石头没有任何差别。

"但还好待在这座岛上，他还有很多时间。"

倚靠在老怪兽身旁的夸布，在睡着前迷迷糊糊地这样想。

02

这是一座被整片湖水包围的小岛，远远看着轮廓，像一个被泡在湖中的瓶。

水流慢慢的，连天上的云和吹过的风从上空经过，都会像是被拽着尾巴，停下脚步慢慢地晃。

"小岛死了，它的时间是停止的。"

夸布刚刚踩上小岛，发现好像有什么不对的时候，老怪兽站起身子，这样告诉他。

"所以岛上的一切变化，都是慢吞吞的。"

03

有细细的雨丝从半空飘落，在老怪兽补充解释的时候，夸布看着被阳光照得亮晶晶的雨滴在眼前停住，然后缓缓下移，柔柔地跳到地上。

"真是了不起的时间。"

夸布兴奋地望着岛上的一切，蹦蹦跳跳，直到累得不行了才靠着老怪兽坐下。

"你也是来寻找这样一座岛的吗？"

老怪兽一直看着他，等他安稳坐在身旁才这样问道。

"不，我只是路过。我从来不知道还有这样的岛。"

04

"是啊，在风告诉我之前，我也不知道。"

老怪兽靠着岩石蜷缩起身子，他似乎有些累了，话说得断断续续。

但夸布还是十分好奇地与他搭话，"岛的消息是风告诉你的？"

"嗯"，老怪兽顿了顿，雨停了，夸布感觉上空好像又有风飘过。

"我以前生活在一片草地，然后有一天那里长出了一朵小白花，我每天都去看她。"

夸布幻想着满片翠绿中的一朵斑白，顺着微风抖擞身子，而不远处，怪兽缩起利爪，藏起尖牙，像一只初生的小兽望向她。

"你很喜欢她。"

于是夸布圈住老怪兽的手掌，几乎是有些迫不及待地替他说话。

05

"我一直偷偷喜欢她，不敢说话。直到有一天我鼓起勇气凑上前去，发现她在晨光中冲我挥了挥手……"

"你向她说了什么？"

夸布不自觉地握紧了老怪兽的手，但对方回答说："我没有来得及说话。她飞走了，顺着风，像一团云。"

老怪兽放低了声音望着天，像怕惊扰了远处的云层。

"后来风告诉我，她可能会再回来，所以我一直在草地上等。等到积雪融化，草地又长出新芽，直到我发现自己可能没有时间再等了。"

夸布靠在老怪兽身上，听得有点想哭，而老怪兽继续说道：

"最后风就告诉了我这个地方，在岛上我可能等不到她，但在停住的时间里，我永远都喜欢她。"

06

夸布听完有点鼻酸，他抽抽搭搭地说："再跟我说一些花的事情吧，我还会去很多地方，我帮你找她。"

老怪兽没有回答，他靠着石头，终于睡着了。

第二天清晨，夸布抱了抱老怪兽大大的身躯，踩着碎碎洒下的阳光踏上旅途。

"我永远都喜欢她。"

一路上，夸布想着老怪兽的话，然后耳边风声响起，朝着小岛的方向。

07

风带着蒲公英吹过小岛的入口，颤颤巍巍朝着前方的地面下降。

夸布抬起头，他突然想起老怪兽说："我喜欢一朵白色的毛茸茸的花。"

在所有流动或定格的时间里，我都很喜欢你。

蒲公英

01

小路一旁，站立着一株蒲公英。

它静悄悄地生长着，白色绒毛摇曳在沿海咸咸的空气里。

"你今天也不动一下吗？"

微风唤醒沉睡的蒲公英，它抖抖身子，望了望依然趴在不远处的海龟，出声问道。

一动不动的海龟抬起头，慢吞吞地换了方向，才发现和它说话的是一株蒲公英。

"不会动的，没有一点想干的事情。"

02

这是一只已经活了五十多年的海龟。

尽管如此，它还是有将近一百年的寿命。

在这几十年里，海龟总是漫无目的地在海里游着。

它见过了海水中的所有秘密，甚至知道了每一种海草应该长在哪里。

"见过很多事，却没有一件自己想干的事情。"

海龟这样向蒲公英说着，然后又懒洋洋地闭上了眼睛。

"那你为什么会来到这里？"

蒲公英在风里完全舒展开来，声音柔柔的，一直被吹到海龟耳畔。

"后来我就懒得动了，浪把我带到哪里，我就停在哪里。"

03

海龟话音未断，风停了，只留下更闷热的气息。

"你知道吗？风把我留在哪里，我就只能扎根在哪里。"

蒲公英的白色绒毛耷拉下来，海龟听它继续说着，终于睁开眼睛，慢慢爬到它的身边。

"每一次扎根都是新的生命，但我总知道，自己要去哪里。"

听着这样的话，海龟盯着自己脚下的路，十分疑惑地问它："为什么我有很长的时间，却不知道应该去哪儿？"

蒲公英站直了身子，望向远方，"方向在心里，不在脚下。"

04

"我以前生活在一片草地，然后有一天那里出现了一只小怪兽，我每天都能看到它。"

蒲公英向海龟描述着，它在海里从来没有见过的景象。

"它每天都在不远处偷偷看我，那么庞大，却像只小兽一样，怯生生的。”

"后来呢？"

海龟下意识追问，然后海边又刮起了风，像吹散了谁的美梦。

"后来我下定决心要先和它说话，但只来得及招招手，就被风吹走了。"

05

海龟听着蒲公英说话，感觉有一阵浪拍在了自己身上，呛呛的。

"蒲公英总是飘散在不同的地方，但是啊，我知道终点在哪儿。"

掠过海面的风越吹越大，把蒲公英和它的声音都吹得摇摇晃晃。

海龟原本想问，在剩下的一百年里，它能不能找到方向。

但蒲公英白色的绒毛突然飘起，飞在了四散的风中。

向着它原本一直凝望的方向。

06

海龟突然觉得怎么花也花不完的时间，似乎没有那么无趣了。

它开始期待着，有什么人或者什么事情，能给自己一个方向。

"某个地方，有一个人在。你总会知道，那个方向才是终点。"

睡在岩石后的海龟又做梦了，它梦到那天，白色的蒲公英飘向蔚蓝的海面。

海面宽广，但它知道蒲公英会飞过河流飞过高山。

总会到达对的方向。

岛

01

在一望无际的湖里，有这么一座岛。

岛每天都在水上慢吞吞地漂着，没人知道它存在了多长时间，它自己也不知道。

"真是好看的夕阳啊。"

一天黄昏，沉下的落日把远处的湖水染上色，岛听到有人这样说话。

于是它抬起一直埋着的头，往远方看了一眼。

对于岛来说，它已经看过无数这样的夕阳，但在那天有一只小船出现在了背景中，带着玫瑰色的波浪。

所以岛也后知后觉地说道："真是不太一样的黄昏啊。"

02

在这不一样的黄昏里，小船晃晃悠悠，载着发出感叹的画家缓缓驶近。

画家支起画架，用着各种岛怎么也看不懂的方式，在空白的纸张上涂涂抹抹。

然后玫瑰色填满了空白，岛好奇地向前漂了一步，望望天空又望望画。

"真是好看的夕阳啊。"

尽管拥有过很多个黄昏，岛还是发出了这样的感叹。

但它自己可能也说不清楚，是因为画家的出现，还是他的画。

03

"再多画点东西吧。"岛飘荡在小船身边，压低声音轻声说道。

画家转过头，它好像听到自己的身躯里，有个地方在扑通跳。

如果岛也有体温的话，那时的整片湖水都会发烫，然后咕噜咕噜翻出气泡。

04

从那之后，画家就离开小船，登上了岛。

平时懒洋洋的岛在接下来的时间里变得鲜活了起来。

它迫不及待地长出果树，催生小花，甚至让湖水都变了模样。

画家惊讶于岛带他看到的一切，他画了很多画。

在漫天星辰里，岛长出的果树伸出树杈，把画家高高举起，一直融进无尽的夜色里。

在起风的清晨，画家和岛一起数着撞过来的破浪，然后认输的岛小心翼翼地捧上一朵被吹得颤颤巍巍的花。

05

"真是不一样的日子啊。"

画家沉睡的时候，岛常常这样感叹。

在无尽的时间里，和见惯了的风景中，岛终于看到了不一样。

06

又是玫瑰色的黄昏，画家收起了画架，把所有工具都装进行囊。

他蹲下身子，和岛的每一寸土地告别。

"你要去哪儿？"

岛觉得自己应该是要这样问的，可当他打算开口，画家又消失在了破碎的波浪里。

07

在一望无际的湖里，有这么一座岛。

它突然发现了时间的流速，在每一个黄昏低声细语。

"已经看腻了。"

"真是无趣的黄昏啊。"

孤单总在相遇之后，比原先还要孤单。

果树倒塌，小花枯萎，岛死了。

石头心

01

沙滩中央，有只海龟一动不动地趴着。

它又做梦了，梦中绿油油的草地上白绒绒的蒲公英缓缓开放，一只怪兽缩起爪子躲在岩石后，静悄悄地趴着。

浪声把梦拍散，海龟睡醒的时候有些迷茫地看向四周。

漫天星辰下，有只小船在蓝色的海浪里，摇摇晃晃。

02

小船在海面上漂荡着，没有方向。

海龟望着空荡荡的船舱，里面一个人都没有，只有一张纸，被月光照得柔柔的。

那是一张画，等到小船被风推着来到海龟身边的时候它才发现。

于是，海龟艰难地爬上最近的岩石，跳进船舱，才终于看清了纸上的画。

瓶形的小岛被整片湖水包围着，高高的果树挂着新生的野果，缤纷的野花在风中肆意生长。

"多么动人的岛啊。"

海龟几乎趴在画上，然后又动了动身子，拉开些距离，静静的完整地凝视着它。

"是啊，多么动人的画啊。可惜那只是画。"

不知过了多长时间，路过的夸布听到海龟的日日感慨，这样说着。

03

"你知道这座岛在哪里吗？"海龟动了动身子，迫不及待地问话。

"只是一幅画你就要去找它吗？如果找不到呢？"夸布望着海龟，轻声回答。

"我还有很多时间，就算找不到，我也已经在靠近它的路上了。"

海龟的声音低低的，却响过了所有拍岸的浪。

然后等最后一颗星星也泡进海里，海龟就朝着夸布告诉它的方向出发了。

海龟第一次有了方向，也第一次去到远方。

04

海龟又开始做梦了，岛的样子模模糊糊，有时候又清清楚楚。

等它终于踏上小岛，梦中的轮廓破土而出，带着砰砰的热情，又轰然毁灭。

玫瑰色的黄昏里，夕阳下的岛远远望去仍是那幅模样。

但岛面上，果树倒塌，小花枯萎。

风告诉它说："岛死了。"

05

"岛还会醒过来吗？"

海龟原本想这样问，但它听到湖水拍在岛边，哗啦哗啦，而岛无知无觉，它又不想知道答案了。

"没关系，反正我还有很多很多时间。"

在那儿之后，海龟就留在了岛上。

烈阳下泡在湖里，下雨的时候，躲在果树的残骸下。

它渐渐也知道湖里的所有秘密了，和在海里见到的没有什么不同。

但好像又有什么不一样，至少在看似无趣的生命里，海龟开始庆幸，它还剩那么长的时间。

06

在无风无浪的时间里，和玫瑰色的黄昏下，海龟开始给岛讲湖里的每个变化。

路过的鱼儿比去年多了一茬，水草跳舞的时候，缠住了路过的虾。

岛周围的时间慢慢的，大家也慢慢的，过得吵吵闹闹，嘻嘻哈哈。

在描述这些的时候，海龟带着笑意地说着，然后终于压低声音，无声地哭了。

在它漫长的生命里，和岛上几乎停止的时间里，海龟却觉得一切都太快了。

它不知道岛会不会醒，它要等不到了。

07

突然飘起的雨滴慢吞吞地下落，停在海龟眼前，混着眼泪，砸在地上，滴答滴答。

在漫天的雨声中，海龟听到别的声音，来自不同的方向。

它抬起头，新生的树苗在满地残骸中破土，生长着，发出新芽。

08

死去的岛在海龟碎碎的念叨中，泡在海龟酸酸的眼泪里。

又好像听到自己的身躯中，有个地方在扑通跳着：

"你的喜欢，能让石头生出心脏。有你这么喜欢我，所以，我苏醒了。"

玫瑰海

01

小镇边缘，站着一座雕塑。

那是有了些年头的雕塑，身上爬满了大大小小的裂痕。

那天，风吹起的一幅画，掉落在了离它不远处的地上。

玫瑰色的黄昏占满了整幅画，雕塑甚至可以听到夕阳下的海水流动着，哗啦哗啦。

"你见过这样的海吗？"

于是等风再次从它面前刮过，雕塑忍不住这样问它。

"我没有见过这样的海。"

风回答着，然后装作不经意地，往雕塑的裂缝里，填上它从周围沙漠里带来的沙。

02

雕塑的裂缝里，被风填满了沙。

没有人知道风卷起细沙花了多长时间，雕塑自己也不知道。

"真想看看那样的海啊。"

一天黄昏，天空和远处的沙漠连成一线，风听到雕塑这样说话。

于是它低下头，往自己不经意带来的画上看了一眼。

对于风来说，它可以去到任何地方，看每一个不一样的黄昏。但在这儿有一座雕塑，所以它停下了脚步。

"你替我去看看那样的海吧。"

雕塑向风这样请求着，风还是摇摇头，然后望向了它身上的裂痕。

03

"我就要裂开了吧。"

雕塑顺着风的视线，替它说出了这样的话。

风听完又加快脚步，卷起地上的细沙，轻轻柔柔地填补着。

雕塑终于明白，日日在它周围盘旋的风，到底是在做些什么。

"很辛苦吧，要面对我这么多的裂痕啊。"

来去匆匆的风被叫住，雕塑问它。

"在你还是一块石头的时候，我就一直围绕着你。所以现在和以前，并没有什么不同。"

燥热的空气中突然弥漫起雨气，沉默寡言的风一反常态，说了很多话：

"你只要站立着，让我看着你就好了。一直，一直。"

04

难得一见的沙漠雨终于落下，风的话语里，混上了雨滴，好像是在低低哭泣。

雕塑听着风的描述，想象着自己还是一块无知无觉的石头。那时有一阵风，哪儿也不去，每天在不远处，悄悄地望向它。

"然后呢？"

风突然停下了话语，雕塑放低了声音，轻轻问它。

"后来你被带走了，我寻着踪迹飞过河流和长路，发现你在沙漠边缘，变成了一座雕塑。"

05

从那儿以后，雕塑再也没有说过想看那样的海了。

它只是站立着，每天絮絮叨叨地和风说话。

但雕塑身上的裂痕还是越来越多，越来越大了。

"你不要裂开，我替你去看那样的海。"

风终于发现了自己的无能为力，这样请求着，在每个夕阳下。

"我不想看那样的海了。即使是玫瑰色的黄昏，也不比我和你每天看到的漂亮。"

雕塑肯定地回答，即使不远处的天空黄沙漫漫，雾蒙蒙的。

06

雕塑有时候会突然沉睡。在它不出声的日子里，风总是静悄悄地守着它。

然后在一个雕塑久久未醒的深夜，风终于用尽全力，向着远方出发。

它多想让雕塑看一眼那样的海啊。

在一片玫瑰色里，风气喘吁吁地停下，然后忍不住放声大哭。

狂风呼啸，它停在一片玫瑰园里，这里没有那样的海。

但风没有时间了，所以它小心翼翼地，卷起花瓣回头。

耀眼的晨光里，雕塑终于苏醒。

风卷起花瓣缓缓而至，带着一片玫瑰色的天空。

07

雕塑缓缓开裂了，哗啦哗啦。

风无力地哭，像拍在岸边的海浪那样。

"我看到海了。"

在完全碎开之前，雕塑这样说着。

08

又是黄昏，玫瑰花瓣落了一地。

风卷起一块地上的石砾，又开始去找那片海了。

那大概是最靠近雕塑心脏位置的石砾吧。

在它还只是一块石头的时候，风就曾日日从它上空吹过，长久地望向它。

卷

01

有一阵风，吹在小镇的路上。

亮堂堂的月亮，仿佛缀在了它的尾巴尖上，把路过的每块砖石，都笼上柔柔的光。

小镇最中央，空空荡荡。

风停下脚步，大声问着："你还在吗？"

单薄的声音，一直融进夜色里。

街道上依然空荡荡的，没有人回答它。

02

于是，风高高飞起。爬上最高的红色屋顶，才发现某个不起眼的角落，有一台老旧的糖果机站立着。带着一条裂痕，和满身灰尘，孤零零地站着。

无数个这样的夜里，糖果机睁着眼睛，总是一道一道数着落在身上的光，不自觉得想，"真难受啊，这种温度，总让人觉得还有希望。"

后来，它开始想象着自己是一堆废铁，无用地、无知无觉地堆积着。

这天夜里，糖果机听见有个声音由远到近，带着微微喘着气的欣喜："原来你在这里。"

03

风落在了糖果机面前，低下头，郑重地向它道歉。

尽管知道，对方正望着自己身上的那条裂痕。

但糖果机只是瞧着风，似乎和自己无关一般，没有回应。

风见状回过神来，小心翼翼露出一块石砾。

那是一块好像从什么地方碎下来的石砾，棱角分明。

在柔和的月色下，糖果机又看着风藏起石砾，像个珍宝一样仔细地包裹着。

"在很久之前，我带着它从这经过。然后它掉了下来……"

风慢吞吞地复述着起因，"后来，有几个小孩捡起了它，吵吵闹闹地跑向了你。"

然后糖果机终于开口，生涩沙哑，如同开裂的干燥湖底。

"我不记得。"

04

"多么希望我不记得这些啊。"

在漫天星辰里，糖果机一遍一遍想起挡在它面前的小小身影。

甚至把星星当做自己送出的糖，等糖果颗颗在海平面融化，就开始期待对方归来。

　　但它没有等到她。

　　所以它说："我不记得了。"

05

　　听到糖果机这样回答，风不打算再继续说了。

　　"我带着石头，去了它一直想看的海。"

　　风开始讲述起，这些时间里，它眼见的风景。

　　"那是被玫瑰色涂满的黄昏，连波浪里，都闪着玫瑰色的光。"

　　糖果机静静听它说着，尽管它独自站立的时候，见过的夕阳数也数不清了。

　　"这次路过，正巧和你告别。"

06

　　"你要去哪儿？"糖果机听它说完，忍不住这样问着。

　　它独自站立太久了，不幻想重逢，却还是能敏锐地感知离别。

　　"回到起点。"

　　风这一路，去到了很多地方，兜兜转转，怀念起出处。

　　"石头最初无知无觉沉睡的地方。

　　我那时哪儿也不去，每天在不远处，悄悄地望向它。

　　现在我要回那个地方了。"

07

"再没有别的地方想去了吗？"

糖果机追问着，风轻轻飞上半空，从它身前擦过。

吹起堆积的灰尘，带着远方归来的气息，风柔柔拂过糖果机。

"回忆的时间太长，才使得那个时刻珍贵无比。"

"就像是想念有了重量，把旅途压成圈，让起点也变成终点。"

08

风走了，向着起点，也奔着终点。

小镇的角落里，糖果机依然孤零零站着。

但无尽的夜晚，似乎没有那么无望了。

它开始想象着，在某一天，属于它的小小身影，会开始奔赴终点。

09

"我是你的糖果机，我被驯服了。"

糖果机又做梦了，它梦到那天，月光柔柔，照得小女孩的身影洒了它满怀。

那是起点。

就算等待是一个画地为牢的圈。

它曾去过起点，就愿意一直待在终点。

玻璃纸

01

遥远的乡镇上，住着一位画家。

"不行了，再也画不出什么东西了。"

整个身体倚靠在椅子上的年迈的画家，对着空荡荡的纸面，无数次这样感慨着。

"甚至有很多事情都记不清了。"

他实在是老了，再没有怎么用都用不完的想象，和去到无数地方的精力了。

"请问你是一位画家吗？"

在快睡着之前，有一个声音把他唤醒了。

02

"对，我是位画家。"

墙外出现一张小女孩的脸庞，水汪汪的眼睛里闪着亮晶晶的光。

"曾经是。"

苍老的画家原本想这样告诉她，但望着小女孩蹦蹦跳跳的身影，他又省略了后半句话。

然后，像充满了活力似的站起身子从屋子里搬出了几张没卖出的画。

03

那是很美的画，清透的风在树顶刮着，带下几片黄澄澄的落叶。

"我都没有见过这样的秋天。"

小女孩觉得下一秒落叶就会碎成秋意，一半映在湖底，一半洒在原野。

画家已经很久没有这么开怀了，年迈之后他总是一个人孤零零地看着这些画。

也不记得是什么因由才画下了它们，更多时间，他都只是看着。

"我送你一张画吧。"

在小女孩频繁地拜访中，画家就像是初春破土的野草那样，终于攒足了勇气。

于是，在暖洋洋的阳光下，他又拿起了画笔。

04

"请给我画一个糖果机吧。"

小女孩手忙脚乱地替画家搬出所有画具，然后站在一旁有些不好意思地挠了挠头。

"我以前住的小镇上有一个那样的机器，但我总觉得，它是我一个人的糖果机。"

　　画家拿起了画笔，看着小女孩，又开始想象糖果机的样子。

　　"我可以给你看看它。"

　　小女孩掏出了一堆五彩缤纷的玻璃纸，递给画家一张，带着糖果的甜意。

05

　　"搬走之后，我每次这样望，都能看到它。"

　　小女孩举起糖纸，放到眼前，仔细瞧着，就好像又看到静静站立的糖果机，递给她一颗粉色的糖。

　　然后，画家也学着她的样子，把玻璃纸举到眼前。

　　糖果机没有出现。

　　薄薄的雾气消失之后，一座岛被玫瑰色的波浪推动着，缓缓来到他的面前。

06

　　"抱歉，我没有看到糖果机。"

　　画家放下笔，看着纸上的画，有些抱歉地说着。

　　画中是他透过玻璃纸，看到的样子。

　　玫瑰色的黄昏占满了整幅画，夕阳下的海水拍过岛面，哗啦哗啦。

　　"多好看的黄昏和岛啊。"

　　尽管不是糖果机，但小女孩望着画，还是这样感慨着。

07

在什么时候见过那样玫瑰色的黄昏和岛呢?

这天晚上，画家躺在床上，反复思考着。

他好像画过这样的画，但现在什么都想不出了。

"多可惜啊，什么都不记得了。"

08

又到深夜，小姑娘取出画家送她的画，然后小心翼翼选出一张玫瑰色的玻璃纸。

重叠着，高高举起，在星空下张望。

漫天星辰中，她看到岛长出的果树伸出树杈，把画家高高举起，一直融进无尽的夜色里。

09

小姑娘放下玻璃纸，后知后觉的想到了一件事。

"必须告诉他！"

这样想着，小姑娘冲进了夜色里，带着她刚发现的秘密。

"必须告诉画家，他曾离岛那样近。"

小姑娘飞也似的跑着，但遗忘站在离别的终点，什么都来不及。

从画家离开小岛，遗忘就开始倒数。

他只能躺着床上，带着怎么都搞不明白的疑惑。

终于老死了。

糖果机

01

有一台糖果机，蒙着一层薄薄的灰。

从小镇的最中央被慢慢移动到最不起眼的角落，脏兮兮又孤零零地站着。

每天有形形色色的人从它面前经过，但只有夸布注意到，老旧的糖果机上有一条长长的裂痕。

在某个亮堂堂的夜晚，夸布停下脚步，站在糖果机身旁，问道："疼吗？"

"这是我的宝藏啊。"糖果机的声音在街道响起，有些生涩地这样回答。

02

"可这是一条伤疤。"

夸布靠着糖果机坐下，对方接着说，"那已经是好久之前的事情了，久到我都记不清时间了。"

"大概也是在这样一个夜晚，那会儿我还站在小镇中央……"

糖果机静静地回忆，夸布想象着那样的它，一尘不染的、崭新的站立在最中央。

"我被几个孩子打破，可能他们只是调皮，又或者是想要里面的几颗糖。"

夸布用手抚过裂痕，糖果机几不可见的轻颤。

"当时的我气急败坏，然后也是有这样一只手伸向了我。有个小女孩，把他们赶走了，像个英雄。"

03

于是夸布的想象里，又出现了一个小女孩。挡在糖果机面前，小小的身子被月亮照得柔柔的，洒了她满怀。

"我给了她一颗糖，每次她走近我，我都想给她一颗糖。"

糖果机说得断断续续，"后来啊，镇上的其他人都觉得我坏了。"

"怎么了？"夸布关切地问道。

然后他听见糖果机这样回答，甚至带着一点笑意。

"因为遇到她之后，我就不想再给其他人糖了。我是她的糖果机，我被驯服了。"

04

"叮——"

塞进糖果机的硬币被吐了出来，它固执地守着每一颗糖。

夸布听着这样的描述，有些鼻酸。

137

"但后来他们确信我真的坏了，然后打开锁，取走了我所有的糖。"

"小女孩呢？"

糖果机的声音有些颤抖，"她搬走了，我没有来得及，把所有糖都送给她……"

05

夸布一把抱着糖果机，也不说话。

糖果机换了语气，有些小调皮地安慰他。

"其实糖果没有全部都被取走，我悄悄地藏起了一颗。"

然后夸布破涕为笑，靠着糖果机，望着满天星辰，做了一个装满糖水泡泡的美梦。

06

后来，夸布继续上路。

糖果机说："如果我们早点相遇，我可以送你一颗糖，但我现在只剩一颗……"

夸布望着它露出的糖果一角，满足地挥手告别。

那是一颗小小的糖果，淡粉色的糖纸包裹着所有糖果机最柔软的心事。

07

再后来，又是一个闷热长夜，归乡的老婆婆慢吞吞的脚步踩醒黑夜，出现在了糖果机面前。

"是你呀，你到这儿了啊？"

在老婆婆的轻声细语中，早已废弃的糖果机几乎是有些迫不及待地吐出了一颗糖。

我静静等待重逢，然后把仅有的一点甜，都送给你。

贩卖机

01

八月间，天气晴朗，风吹起落叶，撞在角落里一台老旧的贩卖机上。

"里面有什么东西吗？"

夸布这样想着，站在机器前看了看，才发现有一个"待维修"的标牌在那儿挂着。

"是坏的吗？"夸布喃喃自语般说了一句。

机器慢吞吞回答："不是坏的。"

02

"你好哇。"

打完招呼，夸布开始清理起机器上厚厚的灰尘。

"你在附近有遇到其他人吗？"

贩卖机这样问了一句，夸布想了想："我没有遇到其他人，你是在找谁吗？"

夸布轻声说着，但贩卖机没有回答，而是吐出一句毫不相关的话。

"你有什么想要的东西吗？"

03

"我没有什么想要的。"

夸布清理完，和贩卖机并排坐下。

靠近一些，他仿佛听见机器内部运转的声音。

然后，那些细微的声响他在回答完之后，又消失了。

就像没有存在过一样，只剩贩卖机有些失落地说着："这样啊，他也是这么说的。"

04

"他是指你在找的那个人吗？"

贩卖机顿了顿，然后说："我并没有在找他，我知道的，他不在这儿。只是有些时候，还是想问一问。"

夸布静静听贩卖机说着，每一句都比之前的听上去要更失落。

所以，他打算不再问贩卖机任何事情了。

但对方却突然说了一句："我明白的，如果想要为了别人改变，就要承担被抛下的风险。"

05

"我遇到过一个人，比你再高一点……"

贩卖机继续说着，夸布靠在贩卖机身上，伸出手轻轻摸了摸它。

"原本我只是一个用于贩卖的机器，收到什么，就递出等价的东西。

但我遇到他的时候，他什么都买不起，只能每天待在我旁边看着。"

夸布抬头，想象着曾经有人从类似的角度，凝视着贩卖机。

"所以，我偷偷给了他一份吃的，因为他看上去真的太饿了。"

06

夸布移动了几下，离贩卖机更近了。

他的体温传递到贩卖机上，似乎让冰冷的机器也变得暖和了些。

"他当时非常开心，开心到足以让我为他改变。"

贩卖机这样形容着，夸布一偏头，正对上那个"待维修"的标牌。

"我开始给他每一个他想要的东西，后来他说我的所有东西他都不想再要了，我就把所有硬币都给了他。哗啦啦吐出了所有硬币，就像是故障了一样。"

07

"如果想要为了别人改变……"

夸布不自主地重复起贩卖机的话，对方顺着这句继续说着："如果想要为了别人改变，就要承担被抛下的风险。因为别人的喜好，也总在不停改变。"

"他不喜欢那些硬币吗？"

夸布问了一句，紧接着，贩卖机轻声回答："后来不喜欢了，什么都不喜欢了。

"他说没有什么想要的了，然后就走了。"

贩卖机的声音越来越低，但夸布还是听见了。

但他并不知道该说些什么，只能徒劳地伸出手，抱了一下。

"没什么。"

贩卖机反而安慰起夸布，然后又换了语气，郑重地问他："其实，我有一个请求。可以的话，能帮我把'待维修'的标牌去掉吗？"

夸布答应了贩卖机的请求。

在离开之前，他把"待维修"的标牌取下。

贩卖机依然立在角落，恍惚间，就像从未改变过一样。

冰块岛

01

夸布发现一座有些奇怪的小岛。

那是在最北边的湖面，大大小小的冰块漂浮着，围绕着整个小岛悠悠荡荡。

"不会融化吗？"

夸布登上小岛，捞起一个掌心大小的冰块，正自言自语，身后便有一个轻飘飘的声音传了过来。

"不会融化，只要我不让他们融化。"

顺着回答转过身子，夸布看到在不远处的小岛中央，一个石头人正和他说话。

02

那是一个浑身爬满了寒霜的石头人，一张嘴就会接连冒出白色寒气。

"你好，这些是你的冰块吗？"

夸布有些惊讶地问着，原本半躺在地上的石头人坐起身子，仔细望了望夸布，开始回答。

"是我的冰块，但这些里面都有东西了。"

石头人可能是担心夸布听不明白，说完顺手拿起了一块，将冰块举起对着太阳。

晶莹剔透的冰块连带着里面包裹的东西，在太阳下闪闪发光。

03

"里面放了什么？"

夸布接过冰块，好奇地望了又望。透明的冰块里，似乎包裹着一团被揉皱的黑色丝线。

"是我说的话。"

"你好呀"，石头人说话的声音突然变了。

话音刚断，一块硬邦邦的、包裹了新东西的冰块掉在地上。

"送给你的。"石头人捡起冰块，向夸布摊开了手。

在夸布接过冰块的下一秒，属于他的冰块突然融化，内里包裹的黑色线团舒展开来，变成响在耳边的一句话：

"你好呀。"

是石头人的声音，那是被冻住的话。

04

"所有这些冰块里，都冻住了你说过的话吗？"

夸布有些可惜地看着完全化掉的冰块，融化成水，汇聚成流，很快在地上没了踪迹。

"这些都是要说给一个人听的话。"

石头人那大大的手掌轻柔地抚过冰块，话语带着一丝懊恼和有些轻快的笑意。

"我记性越来越差，要记下每天想对她说的话。"

"真好啊，这样冻住，什么话都不会错过吧？"

夸布这样说着，看向湖面，冰块积压着，几乎填满了整面湖。

05

"是呀，等她回来，什么都不会错过。"

石头人轻快地回答，然后开始自顾自地说道：

"她从很远的地方来，离开的时候，我送了她一个冰雕，永远都不会融化……"

"她是什么时候离开的？"

盯着湖面怎么也数不清的冰块，夸布终于忍不住问道。

"我记不清了。"

石头人想了想，才慢吞吞地回答："自从她离开之后，我的时间就不是按天计算的。"

"我活在每一个想念的瞬间。"

06

"然后，每一个想念的瞬间凝成一个冰块。"

"有一天，我看着日落，冻住了四十三句话。"

石头人说完，总结道："所以我不记得到底等了多长时间。"

夸布点点头，拉住他的胳膊，有些难过地问："你每天都是这样度过的吗？"

石头人不太明白地摸了摸夸布的头，回答说：

"我的每一天，实际上就是接连不断的想念。"

夸布不再问了，他一把抱住石头人。

然后，郑重地望了一眼所有漂浮的冰块，一步两回头地向石头人告别。

07

石头人又在造冰块了，想念变成话语，冻成块，永远漂浮在这片湖中。

而夸布走在湖边，望着漂浮的冰块，偶尔会想：活在瞬间或许就够了。不然，石头人还能做些什么呢？

见山海

01

"你在动吗？"

夸布站在高高的岩石上，转头看向突然出现的一片海。

"是啊。"

那片海移动着，在流动声里，慢吞吞地回答。

"我从来没有见过会动的海。"

夸布这样说着，又觉得不够准确，连忙补充道："就是像你这样会移动位置的海。"

"这样啊……"

海似乎漂远了一些，声音低低地说："那你一定也没有见过会动的山吧？"

02

"会动的山？"

夸布跳下岩石，往海的方向跑了几步。

紧接着，他发现有两簇水柱从海中伸出，像柔软的缎带一般，托起他，轻轻放在海面上。

海面软乎乎的，夸布试探着动了两下。

就像有一层看不见的膜，让他一直稳稳当当，坐在海面上。

"如果你有时间和我一起前进，就会见到那座会动的山。"

海带着夸布，缓缓移动，轻声细语，都融进哗哗的海浪声里。

"我会在路上，和那座山相遇。"

03

"你见过那座山吗？"

夸布点点头，他愿意和海一起前进，但还是忍不住问着。

"我的一生都在移动，和所有海都不一样。"

海没有直接回答，而是说起一个漫长的故事。

"没人知道我去过了多少地方，我自己也不知道。"

"多数时候，我都觉得这样的移动太无趣了，无趣到让我昏昏欲睡。"

夸布坐在海面上，听得入神，迫不及待地问："后来呢？"

"有那么一天，我被一座山唤醒了。"

"对方用十分惊喜的语气和我打了招呼，他也一直在移动着。"

海面晃了晃，又很快恢复平静，继续说着："那个时刻，我觉得好像没有那么无趣了。"

04

夸布小心翼翼地站起身子，四下张望。

"我们会在什么地方遇到山？"

他这样问，随后，海慢悠悠地回答："我并不知道会在什么地方相遇。"

可能是觉得自己说错了话，夸布把自己缩成一团。

但海并不介意，而是接着说：

"但在重复的风景里，我总能遇见他。"

05

海带着夸布，继续往前进。

波浪哗啦啦，从地上缓缓漂过，像一个梦幻的假象。

"你们一定会再次遇见。"夸布躺在海面上，轻声低语。

海好像见到了什么，声音急促："只要我还在路上，他也还在路上。我们就总会相遇。"

06

"对，总会相遇。"

夸布重复着海的话，一转头，发现漫天的日光被树荫掩盖。

海带着他，与一座山擦肩而过。

湿润的水汽留在山的每一个角落，在彼此交汇的声音里，装点着满山翠绿。

"好久不见。"

如果夸布没有听错，山与海是这样说的。

07

"只有这一瞬间吗？"

移动的山与移动的海，在某个瞬间交汇。

夸布才发现，他们都没有办法停下。

"有时候，瞬间的相遇好过千百次碰面。"

海轻轻把夸布放下，声音里还带着欣喜。

"你们还能再见吗？"在向海告别之前，夸布问了这样的话。

海哗哗往前流动，声音比每一阵浪声都要真切。

"一定会再见。"

"就算所有的相遇都是偶然，我也非要它变成必然。"

第三卷

铁皮人

01

环形的小岛上，水流声慢吞吞的。

夸布在这儿见到了一个满身锈迹的铁皮人。

原本，他只是路过，但铁皮人很开心地向他打了招呼。

"你好。"

夸布冲他挥了挥手，就听到铁皮人继续说着："你知道吗？我马上要和朋友一起去玩。"

02

"我在这里等他，他一会儿就会来了。"

铁皮人不停地说话，夸布只好停下脚步，打算在长椅上坐下。

这个时候，夸布才发现，铁皮人生了锈。

斑驳的锈迹到处都是，几乎在整个身躯遍布着。

可是，铁皮人好像自己并没有察觉到。

他转过头，问坐在身边的夸布："你也想见见他吗？只要等一会儿。"

03

夸布和铁皮人一起等着。

不知道过了多久，没有人出现。

连被小岛包围的河水，从石缝间进出的时候，也轻轻的。

"你在这儿等了多久？"

夸布终于忍不住告诉铁皮人，"你身上都生锈了。"

04

"是吗？"

铁皮人笨呼呼的，后知后觉地低下头看了看。

"真的哎，我来这儿之前还没有这些。"

铁皮人慢吞吞说着，似乎还没想到这代表什么。

于是，夸布也没有再说话。

但过了一会儿，铁皮人又向他说起那个朋友的事情。

"我们约好了一起游玩，在这儿见面。"

05

听到铁皮人又说起这样的话，夸布想了想："生锈代表你在这儿等了很久。你朋友他没有来。"

铁皮人听完，好像愣住了。

夸布看着他，又有些手忙脚乱地补充道："他可能只是忘记了。"

06

这样的安慰没有一点效果，铁皮人低沉了下去，默不作声。

夸布急忙想，该怎么安慰他。

直到对方又抬起头，悠悠晃起了脚丫。

"他不会忘记的。"

"只要再等一会儿，他就一定会出现。"

07

夸布打算离开了。

铁皮人还是坐在那个长椅上，动也不动。

"他会等到吗？"

走了几步，夸布不由自主地这样想。

一路上，他见过无数种等待。

大多都没有结果。

夸布回忆着，叹了口气。

然后，突然回了头。

在无数无望的等待中，他也曾见过重逢的欣喜。

08

所以，夸布回到了那个长椅旁。

"或许，我们可以一起去找你那个朋友？"

夸布尝试给铁皮人建议，对方却有些吃惊地望着他。

"不行，我们约好在这儿见面。"

"如果在这儿没有见到我，他会生气。"

09

铁皮人几乎是有些固执地想留在原地。

夸布再三劝说，他才同意离开一会儿。

"我只能离开一会儿，马上就要回来。"

铁皮人提着要求，夸布连忙地点头，然后问他："你朋友会在哪儿？"

"河里。"

铁皮人指了指中间的河，"他喜欢在靠近岸边的地方待着。"

10

环形的岛面把中间的小河抱住，水流通过几条细细的石缝往外流动。

夸布和铁皮人围着岛面走，盯着河岸。

终于，在快走了大半的时候，铁皮人叫了一声。紧接着，迫不及待地跑了过去。

11

"你怎么在这儿？"

铁皮人蹲在河岸上，兴冲冲地和一条鱼说话。

但鱼好像有些不想见到他。

鱼原本还趴在岸边，一见到他，就游到了河中央，躲得远远的。

甚至，闷声对他说："我等了好久，你没有出现。"

12

铁皮人不明白鱼的话，傻乎乎地奔向他。

他扑入水里，一步又一步慢慢靠近。

"其实，你们可能弄错了地方。"

这儿也有一张长椅，和铁皮人等着的地方一模一样。

"是啊，我在那边等你。"

铁皮人终于靠近那条鱼，轻轻地把对方举过头顶。

13

"快上去，你身上生了很多锈。"鱼的声音凶巴巴的，却说着关切的话。

于是，铁皮人手舞足蹈地往岸上爬。

等他们走到身边，夸布才发现，那是一条虹鱼。

只是啊，在漫长的等待里，他头顶的小彩虹都褪色了。

14

"说好在这儿，你为什么去别的地方。"

虹鱼甩着尾巴，打在铁皮人的头上。

铁皮人嘿嘿笑了两句，他太开心了，说话的时候笑都没停住，"我总是很笨，你知道的。"

15

"我不知道，我还在生气。"

夸布静静地站着，听铁皮人和虹鱼吵吵闹闹。

在这个不大的小岛上，走几步就能遇到。

但可能他们自己也不知道，他们各自在错误的地点，等了多长时间。

铁皮人又把虹鱼举过头顶，哒哒哒到处跑。

夸布看着他们，不由自主地咧开嘴笑。

等待才没有什么了不起，我要去找你。

摘星辰

01

这里，有一座离星星最近的山。

一开始，夸布只是站在平原上，仰望着它。

山太高了，无数突起的石头垒在一块儿。

不管夸布怎么踮脚，都没有办法看到山顶。

"能绕过这座山吗？"

他低下头又四下望了望，打算找一条绕开的路。

这个时候，一个声音在背后响起：

"星星出来了。"

夸布循着声音抬头张望，无数星星在漆黑的夜空里兀自发光。

"真好看。"

他这样感慨着，然后就听到有人回答："真的很好看啊。"

一个矮矮的小人，站在夸布身边和他说话。

小人长着短小的四肢，圆鼓鼓的脑袋上，有一只几乎占据了整张脸的大眼睛。

夸布看向他，小人定定地望向夜空，大大的眼睛里倒映出无数星辰。

"你眼睛也很好看。"夸布正打算这样说。

小人却先问了一句："你知道怎么爬上这座山吗？"

"它太高了。"

听到夸布的回答，小人动了动，试图往上爬。

"可是我需要爬上去。"

"山顶是离星星最近的地方，我有一个朋友在那儿。"

03

"在那儿吗？"

夸布往上看了看，山顶几乎和布似的天幕接在一块。

"是的，因为他想给我摘一颗星星。"

小人往上爬了几步，又摔下来，瘫坐在地上回答。

"我们生活在只能看到一颗星星的地方，后来星星消失了。"

灰色的云层遮挡住大片星空，夸布想象着，唯一的星星都消失，会是什么样子。

"我非常难过。于是，他说要给我摘一个星星。"

04

"我找了很久，才知道这个地方。"

小人挺直身子，好像有些累了，说话慢吞吞的。

"经过的鸟儿告诉我，在这座山上见到了他。"

夸布看着对方继续艰难地往上爬，有些担忧地告诉他：

"或许可以等他下来。"

真的太高了，感觉怎么也到不了山顶。

可是，小人摇摇头回答：

"我必须要告诉他，我并不想要星星。"

05

"但你很喜欢星星啊。"夸布有些不解地望着他。

小人转过身子，认真说着："天上有那么多颗星星，我原本以为有一颗是属于我的。于是我每天都看着它，觉得自己的眼睛只属于它。"

小人说起这样的话，夸布偏头，觉得他的眼睛正盛满星光，亮晶晶的。

"星星消失了，我觉得有些东西丢了。但那不是星星。"

"在他离开之后，我才发现到底是什么，所以必须要快点告诉他。"

"快一点，再快一点。"

在这样的声音里，小人慢慢地往上爬。一步一步，踩在突出的石块上。

不知道是不是错觉，夸布看着，觉得对方真的离山顶近了一些，

又近了一些。

06

山下的平原上，夸布动也不动地抬着头。

他正仔细地，一直朝着在半空移动的小人看着。

小人已经爬得很高了，变成了山上的一个小点。

星星慢慢消失，夸布再看不清他的步伐。

但却知道，他正不断接近山顶。

小人爬上山顶的时候，天正泛白。

鱼肚般的色彩把漆黑驱散，星星们一个个四处躲散。

"星星都回家了，我没有摘到星星。"

在山顶冻到发抖的人，看到小人先是欣喜地冲了过来。

随后，又停下脚步，垂下头。

小人抓起对方的手，轻声说着：

"我的眼睛弄丢了一些东西，不是星星，是你。"

"以前我的眼睛里装着星光，但现在我只想要用它看你。"

橡皮人

01

岩石背后，坐着一个怪人。

他安安静静坐在地上，一动不动，但却一刻不停地改变着模样。

就像是一团柔软的橡皮泥，凭空被一只看不见的手搓揉着。

从身形轮廓到四肢五官，都在飞速变换。

"再想不出应该是什么模样了。"

橡皮人倚靠上石头，有气无力地喃喃自语。

02

"是谁在那儿？"

脚步声和疑问声一同响起，橡皮人有些慌张地团成团，完全藏在石头之后。

"你喜欢什么模样？"

夸布还没凑近岩石，就听见对方这样问他。

"你说什么？"他快走了几步，有些疑惑地追问。

于是，夸布便看到了一个只有大致轮廓的橡皮人，慢吞吞地说着：

"因为你喜欢的模样，决定了我是什么模样。"

03

"我可以改变自己的样子。"可能是害怕夸布听不明白，橡皮人这样补充着。

"我的喜好没有那么重要……"夸布回答。

橡皮人向他做起示范，改变着高矮胖瘦。

夸布坐到他的身旁，继续说着："我都可以，只要是你自己喜欢的样子。"

04

橡皮人把头埋进膝盖，好像有些不解，又有些低落。

"每个人都有自己喜欢的模样，你不能告诉我吗？"他瓮声瓮气地说着。

夸布问道，"那你喜欢的是什么样？"

橡皮人没有回答，他抬起头，一会儿看着脚边的野草，一会儿望向远方的云层。

等到橘色的云缓缓飘到上空，他才终于回应说：

"我不知道。"

05

"其实我以前不是这个样子。"橡皮人似乎有些疲惫，话说得断断续续。

但夸布还是等他说完，再轻声问他，"能告诉我吗？"

"其实我以前有一个壳，上面长满了刺，我可以缩在壳子里，什么也不想。"

"后来呢？"

"后来我把刺和壳子都砍掉了，就像这样。"

橡皮人在手中变幻出一把匕首，看上去十分坚硬，不再是软乎乎的。

然后他从身上砍下了一小块，掉在地上，很快就变得硬邦邦的。

06

夸布想象着某一天，橡皮人一根根砍掉尖锐的刺，然后又一下下破开自己的壳。

就像是一只没做好准备的蝴蝶，突然被撕开了包裹严实的茧。

"真的好疼啊。"夸布想这样说。

但他还没来得及出声，橡皮人又接着说道："因为他们都跟我说，真的太难看了，真的太奇怪了，真的一眼也不能再多看了……"

07

"可是我明明能变成他们喜欢的任何模样啊。"

橡皮人戳动地上的一颗野草，"所以我就决定，要变成别人喜欢的样子。"

夸布听完有些鼻酸，他声音颤颤地问："你成功了吗？"

但对方好像没有听见他的问话，还是自顾自地说着。

"后来我遇到过很多人，只要知道他们喜欢的模样，稍稍变换，他们就喜欢我。"

"可是好像被人喜欢，也没有那么开心。比以前更寂寞了。"

08

橘色的云又飘远了，橡皮人依然蜷缩在岩石后，探出头看着走远的夸布向他告别。

"好像没有那么不开心了。"

"也没有那么寂寞了。"

他望着夸布完全消失的身影，不由自主地这样想。

09

"我喜欢的，是你自己喜欢的样子。"

某个蔚蓝色的清晨，夸布曾向他这样讲。

然后，在一个相似的清晨，他终于换了样子。

严实的壳，尖尖的刺。

可能不被任何人喜欢，但是他自己喜欢的模样。

狐狸搬家公司

01

画家打算换一个地方住了，收拾好涂满了颜料的画纸，把无人问津的作品都整理妥当，掏出钱包，挨个数了数剩下的积蓄。

总之，他真的需要换一个便宜的住处了。

画家跑了很多地方，终于在一处偏远的郊外停了下来。

屋前的桑树慢慢掉着叶子，后院连着一片小小的菜地，在爬满丝瓜藤的篱笆附近，还有一块方方正正的麦田。

麦田里麦子金灿灿的，沉沉的谷穗低着弯成一个好看的弧形。

画家决定要住下来，可是这个地方实在太偏僻了。

他一边盘算着会不会有搬家公司愿意过来，一边预估着要是自己动手，那些画稿要搬多久。

"狐狸搬家？"

画家站在麦田前，听着风拂过沙沙的声响，低头扶起了一块不知倒下了多长时间的木板。

木板上写着"狐狸搬家"四个字，画家看看四周，不确定地拾起一个石子，在出发点和终点下填上了位置。

02

"咚咚咚——"

画家望着越来越黑的天色，正想着并不会有搬家公司来的时候，门突然被敲响了。

他打开门，一只长尾巴的狐狸在外面站着，还礼貌地朝他挥挥手打了个招呼。

狐狸穿着一套不合身的衣服，戴了一个边缘磨得脏兮兮的帽子，但是脖子上却围了一条干净的围巾。

"那肯定是他很喜欢的围巾，我甚至能闻到围巾上透出的暖呼呼的阳光味儿。"狐狸一声不吭地打包东西的时候，画家走神这样想着。

"你好，请问就是这些吗？"所有箱子都被搬到一处，狐狸挨个点完数问画家。

画家不自觉地点点头，然后望向小小的狐狸，又补充道："不如我们分成几趟搬吧。"

狐狸瞧着画家摇了摇头，晃着脑袋的时候连带着尾巴也一齐晃动。

"可以的话，帮我保管一下这条围巾。"

接过被叠得整整齐齐的围巾，画家先是看着狐狸把垫在盒子下面的布料用金色的绳子系紧，然后包裹就像气球一样飘到了空中。

03

"我在麦田前发现的那块木板，它好像倒了很久。"

狐狸提着涨乎乎的气球在前面走着，画家捧着他的围巾开口说道。

"我住在那片麦田，很久没有离开了。"

狐狸的尾巴突然耷拉下来，盯着脚尖愣神。

"我以前去过很多地方，但后来除了麦田，哪里都不想去。"

画家听着狐狸的回答，挠了挠头，不明白地问着原因。

"以前麦田前面站了一个高高的稻草人，我每次经过的时候都要问他，稻草人你为什么要一直停在这里呢？'这里是我的栖息地啊'，稻草人这样回答我。我又问什么是栖息地呢？'你一直往前面走，等到终于想停下来的时候，脚下就是你的栖息地。'"

狐狸闷闷地说完这句话，连耳朵都微微垂了下去。

麦田前面没有稻草人在，画家这样回想着。再一次从麦田经过的时候终于确定。

04

"我走了很多地方，没有想停下来。"

"然后稻草人的衣服破成条条，帽子被风吹得老远，倒在那边麦田的时候，我才明白，他的栖息地就是那片小小的麦田。"

狐狸放下鼓鼓的气球，所有的盒子规规整整地叠在地上。他微微喘着气，画家却觉得他没有累，只是难过。

要了一个好看的罐子和一捧画家插在瓶中的小花，狐狸挥手转身走了。

画家站在窗前往那边张望，狐狸蹲着身子小心翼翼地捡起掉下的麦穗装进罐子，把花安放在麦田边缘。

"没有稻草人在的麦田，是狐狸的栖息地吗？"

倒在床上之前，画家这样想着，然后夜间做了一个模模糊糊的梦。

梦里有一只小小的狐狸，长久地站在麦田间，金色的麦浪里，有一个裹着长长围巾的稻草人，歪着头笑。

暗旋花

01

这座小岛上，生长着只在最暗的时候开放的花。

画家刚刚告诉了夸布这件事情，就迫不及待地问他："你能帮我找到这种花吗？"

"可是，我没有见过这种花。"夸布顿了顿，继续说着："我甚至不知道它们是什么样子。"

画家有些急切地掏出一幅画递给夸布，动作匆忙。

他说："我必须要找到它们。"

02

那是一幅未完成的画。

白色的喇叭状小花，朵朵朝天开放。

在漆黑的天空下，像镀着一层柔柔的光。

"真是漂亮的花。"只看了一眼，夸布便这样夸赞着。

画家听完，粗鲁地抢过夸布手中的画。

"这是我的花。"

夸布正想该怎么回答，就听到角落里传来一个微弱的声音说：

"不是你的花。"

03

到了最黑的时刻，一朵暗旋花在石缝中静静开放。

它慢慢舒展身躯，反驳起画家的话来。

"我们不属于任何人，只是在岛上自由生长。"

夸布静静看着那朵花，画家却冲着石缝大声叫喊着："那是我的花，全部都是我的！"

暗旋花在夜风里抖了抖身子，继续说道："我们属于这座岛，属于这片夜空。但从来都不属于你。"

"我发现了它们，为它们架起高棚，细心浇灌……"

画家还没有说完，就被暗旋花出声打断。

花儿问他，"然后呢？"

04

四周一下子变得静悄悄的。

夸布转头看下画家，画家不说话。

于是，他又走到暗旋花前方，蹲下身子，轻声问："然后呢？"

夜风越刮越大，花儿的声音在狭窄的石缝间回荡。

"暗旋花只在最暗的时候开放。"

这个回答似乎和问题毫无关系，紧接着，花儿继续说道："直到那么一天，有人在大家扎根的地方搭起密不透光的棚子。棚子里变得一片漆黑，就像是我们开放的每一个暗夜。于是，即使是在白天，暗旋花也一直开放。"

夸布有些不明白地望向画家，对方梗着脖子："我只是希望在白天也见到我的花。"

可能是担心夸布并不相信，画家又冲他打开那幅画。

"我喜欢它们，甚至一笔一笔，把它们留在了画里。"

"那画为什么没有完成呢？"

夸布下意识问着，可是画家没有回答。

只有花儿的声音散在风里，"因为它们都死了。"

05

在不透光的高棚中，满地的暗旋花开放。

一直一直开放，开到衰败。

只在最暗的时候开放的花，在伪造的暗夜中，奔赴了一场永恒的死亡。

"可是画是永不凋谢的。"

画家似乎毫不在意花儿的控诉，他取出画笔，对着岛上唯一的暗旋花，继续描摹未完成的画。

"从把我吹到石缝中的风，到每一滴滋润我的雨露，都在教会我，要尊重彼此的生命。"

"每个暗夜，在能够开放的时候，我们也向一切传递生命带来的喜悦。"

花儿说了很长的话，虚弱地喘了口气。

"我以为所有人都能看懂这份喜悦，但你没有。明明，拥有的前提是尊重，而不是占据。"

06

　　暗旋花的声音听上去更加微弱了，夸布跑到画家身边，试图让他放下画笔。

　　"那不是你的花。"夸布这样说着。

　　只看到花儿借着风，从石缝中飞起，落在画纸上。

　　"我见到的，抓住的，就是我的。"

　　画家完成了那幅画，他放下笔，捡起纸上的花。

　　"可是这只是画。"

　　夸布现在看着那幅画，一点都不觉得它漂亮。

　　画家手中的花慢慢凋谢，一瓣一瓣在风中打颤。

　　夸布小心翼翼地拾起花瓣，"就算你把所有花儿都画下来，花也不属于你。"

07

　　"这是我的花！"

　　画家跑动着，冲着四下叫喊，连带着手里的画都跌落在地上。

　　"我们从来都不属于你。"那朵暗旋花完全凋谢了，每片花瓣都这样说着。

　　夸布捡起画，被拢在另一只手中的花瓣消失了，就像从来没有存在过一样。

画家仍在喃喃自语，夸布偏头看向被抢过的画，才发现画里的每一朵暗旋花都在瞬间枯萎了。

长河

01

有一条河，静静流淌着。

它看起来那么长，谁也不知道，最终会流向什么地方。

夸布沿着河岸走着，在觉得似乎怎么也到不了尽头的时候，终于打算横穿过它。

"不要靠近这条河。"

在夸布试探着迈进河流的时候，背后有个声音叫住了他。

02

对方急促地冲夸布喊着。

在他回头张望的时候，对方甚至还怕来不及一般，跑了几步。

说话的是一只猫，穿着崭新的衣服，戴着好看的领结。

夸布停下脚步，等猫跑到身边，喘了几口气，才开口问道："怎么了？"

"进入这条河，就会成为河的一部分。"

"变成永不停息的水。"

03

回答完夸布的问题，猫伸出前爪，拉了拉跑动时产生了些许皱褶的衣服。

然后掏出手帕，清理了完全看不见灰尘的鞋面，郑重地像是即将奔赴一场盛大的聚会。

夸布等他整理完，为这份提醒道谢。

然后，继续顺着河岸走。

"看来可能需要找到河岸尽头。"

夸布走了两步，又忍不住回望。

却发现猫站立着说了句什么，随即，一步一步往河里走着。

04

"等一下！"

在猫快要进入河中的时刻，夸布叫住了他。

"进入这条河，就会变成永不停息的水。"

夸布复述着对方的话，声音急促。

"我知道啊，一直都知道的。"

就像是为了证明自己的话，猫紧接着又说道："因为知道，所以我才要进入这条河。我想成为河水。"

"所有的水都在一起，才成为一条河。靠近、聚集，每一滴都无法单独分离。看上去永远不会觉得孤独的样子。"

夸布疑惑地看着他，不解地重复着："不孤独吗？"

"如果变成了水，依然会觉得孤独呢？"

"那不过就是和现在一样。"

夸布被指引着，看向远方冒起的炊烟。

"我从那儿来。"

猫突然说起一座小镇，夸布想了想，自己曾经从那儿经过。

那是一座庞大的镇子，住着许多人，也来往很多人。

"那儿不好吗？"

夸布问了一句，对方垂下头，望着河水，过了一会儿才回答：

"不管看起来有多亲密，其实都是孤独的。"

"那儿就是这样，那么多人，那么多孤独，快要溢出来了。"

"原本每天晚上，我都要吞掉那些孤独。"

"可是我再也吞不下了，也再不想知道孤独到底是什么味道了。"

猫仔细向夸布解释，慢吞吞说着些难过的话。

"一定要成为河水吗？"

夸布再次问他，猫点点头："我知道这条河的存在后，就赶了过来。"

"死亡和逃避一点都不温柔，但水很温柔的样子。"

07

夸布在河岸呆呆站着，他不知道应该再说些什么。

反而是猫往河里走的时候，继续和他说话："如果早点遇到，我应该会把你的孤独吞掉。"

"现在的话，就只能说声再见啦。"

接触到流淌的河水，从脚部起，猫很快变换着，变成一滴又一滴水珠。

随即，一道摔落，汇聚成河。

08

猫完全消失了，夸布一个人在河岸站着。

直到他完整回忆完和猫的对话，才慢慢往前方走着。

"会吞掉孤独的猫，有一天也会因为孤独太多而选择离开吗？"

"那剩下的快要溢出来的孤独会怎么样？"

在路上，夸布一直这样想。

09

或许是时间太快，又或许是问题太难。

不知道过了多久，夸布终于来到河的尽头。

哗啦啦的河流声突然增大，变成拍岸的海浪。

流淌的长河最终汇入大海，每一颗水滴都紧密地聚在一块。

"变成了水，还会觉得孤独吗？"

夸布对面大海，喃喃自语。

没有谁回答他。

碎片

01

在一片广阔的空地，夸布慢慢地走着。

这个时候，一阵风吹了过来，带来了一些黑色的碎片。

夸布迎着风抬起手，有块小小的碎片停在了他的掌心。

"你有看到我的其他部分吗？"碎片发出了细微的声音，这样问着。

夸布顺着风的方向张望，其他碎片依然被风裹挟着，向前飘去。

"它们在那儿。"

虽然不清楚碎片能不能看到，但夸布还是将它举向了那个方向。

02

"我裂开了，你能帮我找到其他部分吗？"

碎片说话的时候，在夸布掌心微微颤抖。

"当然，但我好像也没有什么方向。"

夸布顿了顿，快速答应下来，却又觉得有些别扭。

"我不太给人帮忙，所以我不确定能不能做到。"

他有些生硬地补充着自己的想法，但碎片没有回答，而是也自顾自地说着。

"其实我不总是碎片。也不知道能不能找到其他部分了。"

03

"我以前大概是和你差不多的模样。"

碎片继续说着，夸布向前走着，远处的风似乎终于停下了脚步。

他这才松了口气，问道："什么模样？"

"有一个完整的身体，不是碎片。"

"后来心里有个空洞，黑色的，不断扩张着，身体整个被吞没，就裂成碎片了。"

碎片这样说着，夸布慢吞吞地，将手掌移向胸口。

"就是这儿，黑暗是从心里来的。"

04

"可是心总是空落落的啊。"

夸布有些不了解地按向心脏，"我也没有变成碎片。"

"要等到有东西把它填满，再抽出去……"

又起风，碎片低低的声音在轰鸣的风声里，像一片小小的针叶，有点扎。

"得到爱，又失去爱，再求不得就生出黑暗。能把人整个吞没。"

夸布不是特别明白，于是他只好仔细地望向四周。

"找到了。"

其他碎片在一片巨大的蛛网上挂着，他快步跑向前方。

"你不明白，真好啊。"

碎片突然这样说着，仿佛是扎人的针叶掉落下坠。

掉在地上，也只是轻飘飘的。

05

"这样就好吗？"

夸布将布铺在地上，按照碎片的轮廓，小心翼翼地拼凑着。

"就是这样。"

无数碎片一同回答他，有些吵闹的，然后汇成一个声音。

被拼好的碎片变成人形，慢慢站立，说："谢谢。"

夸布收起布，有些不好意思地挠了挠头。

"还好找到了。"

原本他是打算这样说的，但在转过头的时候，看到有一块黑色的空洞。

在对方的胸口旋转着，扩大着。

06

"还会再裂开吗？"

"还会再裂开的。"

或许是看出了夸布的疑问，在他刚问出口时，对方便这样回答着。

"但被完整吞没之前，我都会继续寻找的。"

"要找到能够填满它的东西。"

对方指着黑兮兮的空洞，笑着冲夸布说道。

07

"要是找不到呢？"

"那就裂成碎片。"

"只要是能被完整拼凑，我就继续寻找。"

对着黑暗的夜空中偶尔闪耀的星星，夸布总是想起最后的对话。

08

除了他之外，似乎也有人不懈寻找着。

终其一生，破碎重生，也继续寻找着。

就算可能一无所获，他也一直在路上。

夸布这样对自己说着，终于翻过身子在沉沉的深夜睡着了。

09

醒来的时候，正是清晨。

太阳从远处的地平线慢慢往上爬，一点点将浓重的黑驱散。

夸布又上路了，回望着遇到碎片的方向。

他看到日光晴朗，黑暗消失得毫无踪迹。

玻璃人

01

四下黑漆漆的，前方的地上却闪着光。

夸布有些好奇地朝光点走了过去，却发现那团光点好像是会移动的。

他走近一些，光点就离远一些。

他们中间，一直隔着一段距离，感觉永远都不能靠近。

但夸布很想看看那到底是什么，加快脚步跑了几步，就听到光点里传出一个声音说："你不能靠近我。"

02

于是，夸布就停了下来。

虽然并不明白是为什么，但他总是答应别人的请求。

光点又往后退了几步，保持着一个距离，不动了。

夸布仔细看看看，发现那是一个玻璃人，映着满天的星光，看上去亮晶晶的。

他想往前走两步，但玻璃人好像明白了他的意图，继续说着："不能靠近，我们必须保持着这样的距离。"

03

"为什么？"

夸布疑惑地问着，并没有动。

"因为大家总是容易和太过亲密的人产生羁绊，但很多时候，却又不会对产生的羁绊负责。"

"这会是一件非常难过的事情，而我又非常脆弱。"

04

夸布明白玻璃人说的脆弱是什么意思。

他完全都是玻璃做的，一丁点意外就会裂开。

"所以一开始干脆就不要靠近吗？"

玻璃人点了点头，"有很多事情，从一开始就可以避免。"

05

"可是，或许羁绊并不会让你难过。"

夸布有些想不清楚，玻璃人从来没有靠近过任何人，却固执地想和所有人都保持距离。

"曾经，有一段羁绊，让我非常难过。"

玻璃人这样说着，指着自己的胸口。

在原本属于心脏的位置，那儿空荡荡的。

"我原本总是见到一个人。

他每天准点出现，我每天都期待他的到来。

他一出现，我一整天都会高兴，和他说越多的话，我就越高兴。"

玻璃人开始向夸布讲起这件事情，他们离得有些远，一直大声说着话，到了现在，已经有些费劲儿。

"我确定，我和他已经产生了羁绊。"

07

夸布点点头，他相信玻璃人的那份羁绊和开心。

"可是他没有对这份羁绊负责。"

"我后来才明白，人可以和不同的人产生联系，却又不会维持和他们的羁绊。"

玻璃人可能是累的，声音变小了些。

"想到这儿，我应该就不再为此难过，大家都是这样啊。但事实上，我还是非常难过。甚至流不出泪，心就不断被煎烤，变成滚动的液体，火辣辣地在身体里流动，几乎要把我灼伤。"

"我这儿，有一块疤。"

玻璃人指着眼睛下方，夸布仔细看了看，觉得化成的滚液从那儿流了出去，又留了一些变成疤，歪歪扭扭地勉强把伤口填补上了。

"很疼吧？"夸布情不自禁地这样问他。

但玻璃人听着却后退了几步，说道："我不想听到这样关切的话。"

"保持距离，也包括语言上。"

这下，夸布彻底不知道该说什么了，他有些手足无措地站着。

"可能，每一段羁绊都会让你难过吗？"他有些不确定地提出这样一个问题。

玻璃人没有回答，而是问道："你知道，羁绊代表什么吗？"

夸布点点头，又摇摇头。

"代表所有无法忘记的开心和难过。就像星星一样，照在我身上，我就永远记得这道光。"

"羁绊是无法忘记的事情。"

"或许有的并不会让人难过，但我非常脆弱，不能再承受一次破碎的可能。"

夸布点点头，不再尝试和玻璃人说话。

而是又稍微绕远了些，保持着适当的距离，从玻璃人身边经过。

玻璃人是那么透亮，又是那么脆弱的存在。

这可能就意味着，他必须要好好保护自己。

枯木

01

春天就要到了。

一路上，夸布总觉得下一秒，春天就要跑过来。

可能是顺着一场小雨，也可能乘着草尖冒出地面。

但奇怪的是，不管他等了多久，都还没有发现春天。

只看见，前方有棵枯木站着。

02

这个时候，枯木说话了。

"有人在吗？"

它太虚弱了，甚至弄不清楚到底有没有人在这儿。

"你好。"

夸布走到它身边，打了招呼，然后安静地看着它。

这棵树已经太老了，没有一丁点叶子。

树干和附生的瘤都干巴巴的，没有一点水分，已经有些裂开了。

枯木可能是反应了一会儿，确定有人在，又接着说道："我头上有些不舒服，你可以帮我看看吗？"

03

枯木看上去非常糟糕，夸布甚至害怕它会突然倒下。

于是，夸布尽量不去碰它，只是垫着脚尖仔细看着。

"请问是哪儿不舒服呢？"

全都是干枯的枝杈，夸布一下子没找到地方。

"最左边，不对，也可能是左边靠近中间。"

枯木也有些不确定，夸布只好仔细瞧着左边。

还好这次，他很快找到了不一样的地方。

在最左边的那条枯枝上，有一朵小小的花苞立着。

04

"那儿有一个花苞，在最左边。"

夸布如实告诉它，枯木大概是也没有想到，自己能够生出一个花苞。所以，一直没有讲话。

过了好一会儿，它才问夸布："你能告诉我，它长什么样吗？"

05

花苞太小了，只有一丁点儿大。

夸布正犹豫要怎么向枯木描述，对方又说话了。

"或许我自己应该能感受到它……"

安静了一阵子，夸布相信，枯木应该是尽力感受了。

它断断续续，却又持续向夸布形容着：

"一开始我还以为是什么虫子。"

"它应该很小吧，说实话，这儿没什么营养。"

"我只是一截枯木，想开花的话，可是难事啊。"

06

提起这件难事，枯木又沉默了。

"它好看吗？"

夸布正想安慰它的时候，对方突然这样问。

他只好又仔细地看了看那个花苞，尽管现在还看不出任何样子。

"我不确定它是什么颜色，会开出一朵大花还是一朵小花。"

"但我觉得，它会是好看的花。"

枯木声音都大了些，就像是做好了什么决定。

"我觉得它会是最好看的花。因为，它是我的花。"

07

说完，枯木看上去有虚弱了几分。

夸布感觉，它身体上的裂纹变得更深，只有根抓得更紧了。

"你怎么了？"

夸布不知所措地问枯木，不知道过了好久，对方才回答。

"我想把根扎得再深一些，送更多的养分给那朵花。"

"我想让它开花。"

08

夸布原本觉得，小花苞生在枯木上，大概永远也不会开放。

但并不是这样。

枯木艰难地向下伸展着根系，穿透冻了一整个冬天的土壤。

然后，把养分向上传递，只送给那朵花。

"可是，你自己也很虚弱。"

夸布觉得自己快哭出来了。

09

"但它是我的花，我要为我的花负责。我想让它开放。"

枯木慢吞吞回答，有气无力地。

它太累了，也并不确定那些养分，能不能让花苞开放。

只能不停地问夸布："它开了吗？"

10

夸布目不转睛地盯着那个花苞，他确定它就要开放了。

只是，花没有匆忙地绽放，而是仔细染上了颜色，又计划了大小，才露出它的容貌，一片又一片展示着它美丽的光芒。

"它开了，它是你的花，非常好看。"

夸布激动地告诉枯木，可对方没有回答他。

11

夸布一遍又一遍悲伤地说着。

他搞不清楚自己为什么要这么难过，就算下起了雨，也没能引起他的注意。

"我看到了，这是我的花。"

雨丝跳跃着，在淅沥沥的声音里，夸布又听到了枯木说话："它是春天的第一朵花……"

野草纷纷钻出头，一瞬间就给地面披上了一件雨衣。

枯木继续说着："它开出了一整个春天。"

声音聚集的山谷

01

清晨，夸布走进了山谷。

这儿并不像普通的山谷，甚至和其他任何地方都不一样。

它没有会哗啦啦流淌的清泉，也没有长满了果子的树。

山谷的树上，只有各式各样的气球。

02

夸布站在树下，望着上方的气球。

离他最近的那根小树枝上，一个黄色的气球随风飘着。

晃晃悠悠，就像是结出的一只雪球晃晃荡荡。

只是，看着有些过于大了。

"我可以把它取下来看一看吗？"

夸布问了一句，解开那只气球抓在手上。

然后，突然有人提醒他："现在，你把它戳破吧！"

03

从身后出现的人把夸布吓了一跳。

对方个子看上去比夸布高一点，奇怪的是，却长着一双非常大的耳朵。

大概，和气球差不多大。

于是，夸布在心里叫他大耳朵人。

"我喜欢这个名字。"

夸布没有把这个称呼说出口，但对方好像听到了一样。

他一边赞同这个叫法，一边又继续催促夸布："快把气球戳破吧！"

04

"真的能戳破吗？"

夸布嘟囔了一句，伸出手指试探性靠近气球。

气球软乎乎的，手指一碰上就砰地炸开了，像气泡似的。

紧接着，一个声音响起。

"我很生气！"

"谁在生气？"

夸布朝四周看了看，除了大耳朵人外，再没有人在。

所以他有些无措地问着，好在大耳朵人回答了他。

"那是气球里的声音。"

05

"为什么气球里会装着声音，而且它一点都不结实，一碰就破了。"

夸布又想起刚刚气球炸开的时候，好像声音就是在那时响起的。

但他一点也不明白，声音为什么会在气球里。

"因为总是有很多想说却没有说的话，还有很多不能说出口的话。"

"它们都在这儿。"

06

"它们不是没有被说出来吗？"

"想法也是有声音的，即使最后没有这么说。"

"那些没有被说出口的声音，就悄悄变成气球飞走，聚集在这儿。"

大耳朵人说着，又取下一只气球。

轻轻一碰，它就炸开了。

"别再靠近了！我最讨厌你了！"

这只气球里，装着这样的声音。

07

"你知道的，我能听到它们。"

"而且，在这个山谷里，它们能被所有人听到。"

夸布点点头，大耳朵人的确是有这样的能力。

而且，气球炸开之后，他也听到了里面的声音。

"声音想出来，所以气球容易炸开。"

大耳朵人回答完第二个问题，继续说道。

"不管说不说出口，心里的声音总是会冒出来。"

08

大耳朵人开始取下不同颜色的气球，夸布给他帮忙，忍不住问：

"说不出口和不能说出口的，总是这些类似抱怨的话吗？"

大耳朵人摇了摇头，碰碰气球，有几个声音砰地冒出来。

"我好喜欢你呀。"

"别走开好不好？"

"你刚刚是不是叫了我一下？"

……

09

气球里装着各种各样的声音，夸布听完就不由地想，这些如果当时说出来会怎么样。

"没有这样的如果。"

大耳朵人还没等他问出口，就已经回答。

"就算声音保存下来，当时的想法也还在，但那个时刻也已经消失了。人永远没有办法回到过去。"

10

夸布听完想了想，点了点头。

声音的意义，大概就是传达想法，让那个人听到，在特定的时刻。

那个人又或者是那个时间，只要有一个改变，声音就已经失去意义了。

想法或许不会改变，但时间永远不会定格。

如果我有话想对你说，就一定要立即告诉你，一刻不停。

捕云

01

遇见捕云人时，夸布刚刚爬上山顶。

一开始，他并不明白对方在干什么。

只是看见对方在前方站着。

夸布感觉他什么也没干，就只是站着。

夸布看了好一会了，觉得无趣就往山下走。

但他离开之后，不一会儿，对方也开始往下跑，停在了他的身边。

02

"请问你在干什么？"夸布终于忍不住问了一句，很快就听到了回答。

"我在捕云。"对方这样说着。

可夸布看了又看，却发现他还是普通地站着。

"怎么捕云？"于是，夸布又疑惑地问道。

这个时候，对方才清楚地说着："就这样，看着他。"

03

虽然还是没有非常明白，但夸布尝试着学着对方的样子，抬头望。

"每一朵云都不一样。"

好像看出了一点什么，夸布立即告诉他，向汇报一样。

捕云人点了点头，回答："当然不一样。"

"这是我喜欢的云。"

04

夸布又不明白了，他问："可是云那么高，而且一直在动。"

捕云人跟着他的云走了几步，仔细地解释："虽然我喜欢的是一朵云，他那么远，我碰不到他。但我能感受到雨。"

05

为了向夸布解释清楚，捕云人甚至扒开了他灰褐色的衣服。

他的皮肤看上去白白的，非常的白。

"我原本是一株棉花，他的雨落在我身上，却把我的心打得湿漉漉的。"

"奇怪的是，我的心变得柔软起来，身体却充满力气，变成了这样。"

06

"你知道的，喜欢是变得强大，心却对他软绵绵的。"

夸布其实并不知道，但大概能理解他的说法。

"然后你就一直跟着他吗？"

捕云人点了点头，生出一双这样的腿，或许就是为了一直跟着他。

07

夸布有些不知道该说什么了。

因为他不确定，那场雨在那个时候，是不是恰巧落在了捕云人身上。

但捕云人好像看出了什么，笑了笑，又接着说道："就算雨的温柔也只是自我想象，但这一刻，和所有追随的瞬间，我是开心的。"

08

"有时候，仅仅是开心，也是难得的体验。"

捕云人这样总结，夸布点了点头。

这是属于捕云人的感受，他无法说什么，也不需要他再说什么。

"希望你一直开心。"

于是，夸布冲捕云人挥手，打算告别。

09

没走几步，甚至还没离开头顶的那朵云。

云准确而又及时地飘下一场小雨。

夸布看着空中细细的雨丝，又看了看捕云人。

他决定在离开之前，告诉了捕云人一件能让他更加开心的事情。

"没有一滴雨洒在我身上。"

不是恰巧，也不是自我想象，云的雨，每一滴都是为捕云人洒下的。

夸布发现了这样的事实，云的温柔是真切存在的。

晚班车

01

冬天的风到了晚上总是越吹越大。

夸布站在路上，手指被吹得挺疼的，一时不知道去哪儿。

前方废弃的站牌那儿，却突然亮起了暖黄色的灯。

他好奇地往那儿走了几步，就看见有一辆公交慢慢开过来。

然后，在站牌旁停下了。

02

有一只小猫，灵巧地迈入了公交。

那是只看上去很轻的猫，浑身像披着一层月色一样。

夸布想了想，在公交离开之前，也踏了上去。

里面空荡荡的，却长着许多花草。

夸布避开花草，找了个位置坐下，正对上那只刚刚上车的猫。

猫趴在一个座位上，一动不动。

不一会儿，猫消失了。

座位上，长出了一朵猫爪花。

夸布仔细看了看，发现遍布车厢的，全都是狗尾草和猫爪花。

而且，车并没有人驾驶，却仍然平稳地开着。

猫爪似的花朵朵开放，狗尾草随着公交的移动摇摇晃晃，就像是一条条毛茸茸的尾巴。还没等他想明白怎么回事儿，公交又停下了。

夸布透过车窗往外看，一只小狗在门前站着。

04

那只狗和猫一样，身上也披着月光。

淡淡的，又柔柔的，好像随时会消失似的。

一座小木屋静静地立在小狗身后，也在月光下轻盈地泛着光。

夸布看着小狗，对方往公交这儿走了两步，又飞快地回头。

这栋小木屋有一个大大的窗户，小狗趴在窗户上往里看着。

窗内是一排放置在木柜上的照片，每一张都不一样，但每一张里都有小狗和一个人。

他们拍照时总是挤在一块儿，有几张照片一点都不好看。

但所有照片都被仔细地收着。

小狗张了张嘴，可能是呜咽了几句。

然后，慢慢吞吞踏上了公交。

在进入公交的下一秒，小狗就缩在地上，变成了一株小小的狗尾巴草。

公交继续开着，却好像越来越高。

夸布看着窗外，好像是靠近了银河。

车生出了一双翅膀，飞快地从夜空划过。

随后，又在不同的目的地停下。

夸布认真地看着进入公交的每一个旅客，有时候是狗，有时候是不同花色的猫。

06

猫进入公交，总是喜欢先找个舒服的地方待着。

然后趴下，摇几下垂着的尾巴。

即使是变成猫爪花，也保留着不同的颜色。

甚至，有些伸展得高高的，看上去就是一只只骄傲的猫。

而狗不一样。

它们随意在哪儿待着，变成的狗尾巴草也并没有多大区别。

只有仔细分辨，才能看出有些细微的地方不一样。

07

每一个旅客，夸布都知道它是从哪儿来的。

记的地址多了，一下子就有些累了。

夸布靠在座位上，想歇一会儿。

这个时候，公交好像也不再移动了。

静悄悄的，夸布迷迷糊糊就睡着了，好像还做了一个漫长的梦。

08

梦里，他变成不同模样的小猫和小狗。

去到每一个他记下的地址，和不同的人告别。

"你别哭了，眼睛肿了就不好看了。"

"我会在别的地方待着呀。"

"一想到你，我的尾巴就摇一下。还是一样。"

"我在照片里，也在你心里啊。"

"你不会把我弄丢的。"

09

好像说了很多话，夸布醒过来的时候，嗓子都有些疼。

他咳嗽了几声，尝试着动了动。

一偏头，发现自己正躺在一片山坡上。

被无数猫爪花和狗尾草围绕着。

纸片人

01

起风了，越来越大。

夸布停下脚步，站在树后，试图躲一会儿。

却发现一个什么东西，被风吹着撞上树干，又摔在了他的脚下。

"你还好吗？"

夸布捡起落在地上的纸片，准确来说，那是一个纸片小人。

圆圆的脑袋，连接着短小的四肢，站在夸布的掌心。

"小心一点！轻一点！"

他似乎不满意刚刚被拎起来的方式，有些气鼓鼓的。

02

"风有些大。"夸布说了声抱歉，然后这样提醒他。

"我讨厌风。"

小心翼翼地往夸布手腕处缩了缩，纸片人用命令的语气说着：

"你要把我保护好，不然风又会把我吹跑。我原来在的地方，没有一点风……"

纸片人没有继续说下去，他原本就是被风吹过来，才摔到了这儿。

被夸布发现他说了一句大话，纸片人咳嗽了两声，假装刚刚什么都没有发生。

然后，才继续说道："保护我。"

03

夸布跑到一棵大些的树下，转过身子，让纸片人在他和树干的中央待着。

纸片人这会儿忘了刚才的窘迫，又有些悠然自得："我是世界上最珍贵的纸张制成的，独一无二的。现在你不管在哪儿，都找不到这样的纸。"

他顿了顿，停了一会儿又总结道："所以我是最珍贵的！"

"我之前遇到一个画家，他带着很多这样的纸。"

夸布说完有些后悔，不知道自己到底该不该直接戳破他的谎话。

04

纸片人没有说话，周围连风声都停了，静悄悄的。

"我刚才看错了，那些和你不一样。"

夸布想了一会儿，这样添了一句。

"就是不一样！"纸片人回答。

夸布一下子不知道再跟他说些什么。

终于，纸片人瘫坐在地上说道："请你原谅我……"

05

他没有再说任何大话，瘫坐在地上，看上去和所有纸张都没什么两样。

夸布看向纸片人，他感到非常惊讶。

"好吧，我其实并没有任何独特的地方。"

"是用最普通的纸张制成的，也并不是什么了不得的方法。"

"如果你愿意，可以做成无数个纸片人，和我一样。"

纸片人完整显露出他的脆弱，然后喃喃自语般说着："我真蠢，我不该对他说任何这样的话。"

06

"对谁？"

夸布问了一句，纸片人慢慢直起身子。

"一个人，我甚至不知道他叫什么。"

"在一起的时候，我总是在夸耀自己。"

纸片人爬上露出地面的树根，踮着脚看向远方。

"有一次，他忘记关窗。我冲他发了脾气，认为他没有为我挡住风，偷偷跑了。"

07

纸片人说着，望着远方模模糊糊的树影，突然躲在了树后。

"怎么了？"

夸布正要问，就听到身后有个声音响起。

"请问你见过一个纸片人吗？"

夸布支支吾吾，不确定是否要告诉他。

但对方继续说着：

"他小小的，用的是这样的纸张。"

08

夸布有些吃惊地看着他，对方还在详细地描述着。

"你一直知道吗？"

躲在树后的纸片人走了出来，夸布感觉他快要哭了。

"你一直知道，我不是什么珍贵的纸片人。也并不是独一无二的对吗？"

尽管问着这样的话，但纸片人还是语气镇定，维持着一份骄傲。

他说："你走吧，再见。"

"希望你能找到一个独一无二的纸片人。"

09

"我应该早点告诉你，我一直都知道，你是什么模样。"

"你的大话，和所有小脾气，我都知道。"

那个人走到纸片人身边，慢慢蹲下身子：

"但你是我的纸片人，独一无二。"

"我本来应该猜出你所有的大话后面，藏着的虚张声势和不确定。"

"不用虚张声势，我最喜欢你。"

10

又起风了，夸布继续走着。

在不远处的树丛里，有一个人把纸片人揣在怀里，等风停。

山谷女巫

01

太阳慢慢下落了。

夸布在山谷前，遇到一个奇怪的人。

她站在狭小的入口处，几乎快要把路挡住。

"请问你可以让我通过吗？"

夸布问完，确认了一下，又接着说："你只要移开一点，就可以让我通过。"

对方全身裹得严严实实，夸布正思考自己的请求有没有被听到，就发现她扒开了眼前遮挡的布，看了自己一下。

02

准确来说，对方只是扒开了一点点。

夸布甚至都没能完整看见她的眼睛，但好在对方很快让开了。

"谢谢。"

原本打算就这样往前走，可夸布只动了两下，就瞧见了满山谷的苹果树。

"不要碰这些苹果。"

可能是看夸布停下了脚步，对方这样提醒他。

"在你同意之前，我不会碰任何一只苹果。"

夸布保证着，但对方很快反驳了他："因为我是女巫。"

03

"你说什么？"

夸布确定，自己并没有明白其中的因果关系。

然而对方或许是错认为他没有听清，开始自顾自地解下厚重的帽子。

她戴了很多个帽子，一层又一层，就像把所有能遮挡的东西都系在了头上。

"你看到了吧？我是女巫。"

她戴着女巫帽，帽子周边还装饰着不知名的药剂颗粒。

虽然还是有些糊涂，但夸布还是向她解释："我明白你是个女巫。"

04

"但你是女巫，和这些苹果有什么关系？"

夸布认真想了想，仍然没有思考出什么。

"我是女巫，那苹果就会有毒啊。"

"与其你之后发现，不如我一开始就提醒了。"

女巫冷静地说着，夸布顿了顿，然后才发现有什么不对。

那些苹果看上去都非常普通，完整地挂在树上。

他问："苹果有毒吗？"

"没有。"

05

女巫的回答和夸布的猜测一样。

她接着说道："可是大家发现我是女巫，就觉得满山谷都是毒苹果。"

"所有人都是这样想的。"

夸布等她说完，问道："所以你才把自己包得严严实实？"

女巫几不可见地点点头，"一开始，我吓跑了一个小女孩。尽管我并不知道有什么吓人的。"

她又开始一层一层套起帽子，边套边说："后来，我裹了些衣服，有一个人走了进来。他和我讨论这些苹果，还吃了一颗。"

"但可能是我裹得不够严实，他发现我是个女巫之后，匍匐在地上。用尽力气，把整个苹果都吐了出来。"

06

"你知道的，苹果并没有毒。"

"是啊，我知道的。"

夸布伸手，摘下一颗苹果，问道："那你向他解释了吗？"

"没有，他跑得很快。"

女巫摇了摇头，示意夸布可以坐下。

"误解总是比解释跑得更快，我追不上他。"

07

夸布咬了一口苹果，很甜。

"你为什么站在入口？"

他突然想起，最开始的那个疑惑。

"因为我总想，那些人会不会在什么时候回来。"

"这样，我就开始向他们解释。"

"你有等到他们其中任何人吗？"

"没有。"

08

小小的苹果很快就剩下了核，夸布和女巫一起挖了个坑，把它埋下去。

"他们不会回来的，他们都被吓坏了。"

夸布埋着土，这样说。

"我等了太久了，看样子，是没有人会回来。"

女巫平静地认同了他的话，提着水壶轻轻洒水。

09

"它会长成大树吗？"

"应该会吧。"

女巫刚回答完，就听看见夸布蹲下身子，又仔细压了压土：

"那就会又有一棵树知道，他们是错的。"

10

女巫沉默了好久，然后开始默不作声脱下衣服。

一件又一件，很快在地上堆出一座小山。

"你说的对，每棵树都知道，他们是错的。我自己也知道。"

她完整地露出了袍子和厚重的帽子，无比轻松地坐了下来。

"如果他们是错的，我根本就没有什么过错，那我为什么要把自己都遮挡上？"

11

"为什么要因为别人的误解和错误，严严实实地包裹上自己？然后，时时想着需要解释？"

女巫这样问着，但夸布没有回答。

他盯着小山一样的衣服想，女巫或许只是在和她自己对话。

终于，女巫像是想通了一般，自己回答：

"有时候，根本不需要解释。只要你自己知道，什么才是真相。"

框

有一个人在平地站着，姿势怪异。

他小范围动了动双手，往外推了几下。

但谁也不知道，他到底是想推动什么。

"一定要打破它。"

他看上去有些累了，可还是保持那个奇怪的姿势站着。

只是小声说着这样的话，像是无奈，又像在是给自己鼓劲儿。

"打破什么？"

夸布从原野经过，听到小人的话，先是看了看四周，然后才问他。

四周什么都没有，天上只有风吹过。

对方看着慢慢靠近的夸布，回答说："我被框住了，我想把它们打破。"

"可是我什么都没有看到……"

夸布不解地问着，被框住的人紧接着又给他解释："是看不见的东西。"

"它们是看不见的。"

"因为这样，我才不知道，到底应该怎么打破。"

被框住的人慢吞吞地说，但夸布还是听不明白。

对方可能是看出了他的疑惑，试图更换另外一种说法。

"以前我喜欢一朵花，但有人告诉我，花太娇弱了。于是，就有一条框说，不能喜欢娇弱。后来又有无数次这样的时刻，灌输和强求我完成不同的事情。"

被框住的人顿了顿，歇了一会儿，才继续说道："这些事情，最后就变成了无数个框。我只能生活在它们搭就的框架底下。"

"那你喜欢现在这样吗？"

"不喜欢。"

被框住的人慢慢摇头，回答说："那些框，好像把我固定在一个狭窄的模具里。稳定地变成了现在这样，可我一点也不喜欢这份稳定。"

夸布似懂非懂地点了点头，想象着有一个声音跟在耳边，不停大声叫嚷：

"不行！你不能那样！你必须要这样！"

被框住的人告诉他，"这样的稳定，让我失去了其他所有可能性。"

"而且，除了必须和不行，没有人告诉我为什么。"

"真难受啊。"

夸布甩了甩头，不由自主地这样讲。

"所以我决定打破它们。"

"很长一段时间里我都在试图打破那份稳定，以求给自己一些新的可能。"

"可是我还不知道要怎么办。"

被框住的人声音越来越小，难过得说不出话。

"看不见的东西，外力是没什么办法打破的。"

夸布想了很久，一边说着，一边捡起被雨拍打在地上的小花："你喜欢花吗？娇弱的花。"

被框住的人张了张嘴，又无声闭上。

最后终于慢吞吞地回答："我喜欢它。"

他坦然承认着，试图拥抱真实的自己。

这道叫作"拒绝娇弱"的框，悄然断裂了。

被框住的人小幅度动了动，欣喜万分地说着："我知道方法了！"

向日葵

01

夸布盯着那株向日葵看了很久。

早晨，太阳从东边的地面往上爬，晃晃悠悠地往西挪动。

向日葵转动着叶子和未盛开的花朵，也随后转向了西边。

夸布坐在山坡上，向日葵恰好转向了这儿。

于是，他率先向向日葵打了招呼："你好呀，我看见你正跟着太阳。"

可是，向日葵却说："不是这样。"

02

"我知道别人对向日葵都有什么样的评价。有时候，他们把我比作爱慕；有时候又会说，像向日葵一般沉默的爱。"

向日葵说完，夸布想了想，有些后知后觉地反应过来。

"这些说法都不对吗？"

夸布这样问了一句，向日葵很快回答："这是生长素的问题，你可能听不明白。但也可以认为，我为了生长，必须这样。"

03

"简单来说的话，就是生长素会背光分布。在背光的那边，会有比较多的生长素分布。"

夸布听得迷迷糊糊，有些晕乎乎的总结："那向着光的那边，就会比较少。"

向日葵点点头，继续补充。

"所以背光的那边就会比向光的部分长得更快。两边不一样的话，颈部就会弯曲。

"大概就像是，我朝着向着光的那边，弯了腰。"

04

虽然并不是很能理解，但这下夸布终于相信，这的确是和爱慕没有什么关系。

"这样啊。"

他还在回忆向日葵说的话，看上去仍然是在有些费劲地努力理解着。

向日葵又接着说道，"就是这样。"

"和爱慕、沉默的爱，还有一切这样的说法，都不一样。"

05

"可是，大家总是这么说。"

在夸布的认知里，好像一直都是这样。

向日葵又动了几下，慢慢的。

"人类总是这样，喜欢虚构浪漫。"

"虚构的浪漫也叫浪漫吗？"

夸布认真地问着向日葵，他自己想不明白。

"虚构本身也是一种浪漫。"

06

"就比如，谁也不知道星星上是什么，但大家还是喜欢描述星星。"

"有时候，他们会说，消失的人会变成天上的一颗星。"

"又有些时候，大家会说，星星会满载着你的思念，掉进对方梦里。"

夸布听着向日葵的描述，不由自主地抬了抬头。

白天没有星星，半空只有云飘过。

但他想象着，在缀满星星的夜空，有无数个人仰望星星。

然后，就有了无数种描述。

那个瞬间，他似乎真切地感受到了浪漫。

07

"但这种虚构的浪漫是关于你。"

夸布赞叹了一番，突然想起一件事情。

"你会不会觉得这种虚构，会影响到你，又或者是……"

夸布顿了顿，怎么都找不出一个合适的词。

"冒犯，你是想问这个吗？"

向日葵替他补充完，又自己回答：

"虚构的并不会影响现实。而且，很多时候，人类知道了事实，却还是喜欢别的说法。你知道为什么吗？"

08

夸布摇了摇头，他并不像向日葵那样，明白那么多事情。

"因为这有时候，是一种寄托。"

"用虚构的想象，加上真实的寄托，是一种浪漫。"

向日葵可能是担心夸布想不明白，又换了个说法描述。

"就像口拙的人送花，花本身不代表什么。可是在人类眼中，不同的花代表不同的话。这种虚构的浪漫，寄托的是当时送出的心意。"

09

"人类真是喜欢浪漫。"

夸布被绕得稀里糊涂，好像有无数浪漫在他眼前打转。

"他们创造浪漫。"

向日葵说完，好像有些累了。

夸布静静坐着，有时候看看向日葵，有时候又看看太阳。

最后，在离开之前，夸布在向日葵生长的地上，放下了一张小小的纸条。

太阳落山了，向日葵慢慢回摆。

移动一点，又移动一点，直到看到地上的那张纸条。

那是夸布没有说出口的话，就像向日葵说的那样，口拙的人选择别的方法。

所以，夸布在纸条上写着：

"你是另外一种浪漫。"

第四卷

月光酒

01

宽阔的平野上，有一片湖泊。

某个周末的晚上，夸布拿着信来到了这儿。

这是一个他没来过的地方，爬过一座不太高的山坡，穿过广阔的森林，然后面前就是一片被雾气笼罩着看不清东西的平野。

"你好，有人在吗？"

夸布孤零零地在雾气里站着，把信封凑到眼前，才确定他并没有来错地方。

没有人回答他，但紧接着，浓雾里飘起小雨。

雨滴淅淅沥沥地落在地上，雾气散了，前方出现的是一间宽大的积木房子。

砖红色的房顶上方，几只猎鹰正振翅飞翔。

"是鹰。"夸布惊奇地说了一句，

积木房子里传来了回答："不是鹰，是送信的麻雀呀。"

积木房里走出一个玩具士兵，他左边缺了一条胳膊，右手持着的木剑断了一半。

夸布看到玩具士兵才相信，在空中飞着的，真的只是麻雀。

眼前的玩具士兵变得非常高大，又或者说是他缩得异常矮小。

"这是你寄出的信吗？"

夸布把手中的信递过去，又接着说道：

"我在路上捡到了它，信封上没有署名，我在背面发现了这个地址。"

方方正正的信封，夸布捡到之后看了又看，才在角落里找到了一行小字。

"可能是麻雀送错信了。"

玩具士兵接过信，夸布想了想，捡到信的时候，的确是有几只麻雀在一旁的树上站着。

"抱歉……"

夸布刚打算开口，就看见玩具士兵拆开信封问他："那你愿意来参加聚会吗？"

03

天雄：

你近年来好像过得还不错，长大了，这样很好。

周末会有一场聚会，请你务必到来。

粉色的信纸上，写着这样的几句话。

玩具士兵念给夸布听，又再次问道："原本是邀请天雄，但现在，请问你愿意参加吗？"

夸布想了想，点点头，玩具士兵随即带着他绕过积木房子，来到那片湖泊旁。

湖畔空荡荡的，只有一张木制的桌子和两个酒杯放着。

"可是没有酒啊。"夸布疑惑地说了一句。

玩具士兵冲他笑了笑，指了指湖泊。

月亮停在了湖泊上方，月光沉入湖水。

玩具士兵举起酒杯，在湖泊里舀了一下。

再伸回手，酒杯里装满了浸满清辉的酒水和一轮圆月。

04

"送你一杯月光酒和一轮月亮。"

玩具士兵这样说着，夸布接过去慢吞吞地喝着。

"麻雀没有送错信件，天雄应该不住那儿了。"

夸布喝着酒，一边和玩具士兵说话。

"天雄是谁？"

"我是他唯一的朋友，天雄是这样说的，在他还小的时候。但后来我被扔在了这儿。"

05

夸布费劲地想了想，又听见玩具士兵接着说："这儿什么都没有，只有一轮圆月。我就想，把月光摘进杯子里送给他。"

"原本应该是他在这儿……"

玩具士兵说完，夸布有些手足无措地回答。

但玩具士兵摇了摇头，"他已经长大成人了，不能跟我一直玩下去了。"

"可是那样会很寂寞啊。"

夸布回答了一句，玩具士兵没有再说话了。

06

夸布喝完酒，晕乎乎地快要睡着。

玩具士兵这个时候才轻声说了一句："陪伴都是有刻度的。"

"你说什么？"睡着之前，夸布强撑着问道。

没有人回答他。

夸布醒来，他正躺在湖边的岸上。

破旧且残缺的胡桃夹子，静静坐在几块积木间看着他。

静默的平野

01

夸布不知道这块平野出了什么问题。

一开始，他遇上了两只鸟。

鸟站在枝头上，互相清理着羽毛，却并不叫唤。

后来，他好像又看见了别的什么。

可是，大家都没有发出什么叫声，没有说任何话。

这儿静悄悄的，又或者说是沉默的有些不太正常。

02

"请问有人在吗？"

夸布终于忍不住，问了一句。

一个玩具巫师走了过来，他不知道从哪儿掏出纸和笔。写着"你不要说话"，然后就递给夸布看。

夸布不得不通过写字和玩具巫师交流，他写道："为什么？"

玩具巫师回复得很快，他在夸布的提问下面写："因为语言很容易带来误解。"

03

"可是现在我们写字，也是在呈现我们的语言。"夸布有些疑惑，在纸上又添了一句。

玩具巫师看了似乎不太高兴，他又开始写字，下笔重重的。

"所以，我们不应该借助语言，而是应该看对方的行动。"

04

写完这句，玩具士兵放下笔，试图动了动。

夸布看了一会儿，确定这样根本无法沟通，才捡起笔继续写字。

"你为什么不喜欢语言？"

他感觉玩具巫师以前肯定遇到过什么，于是又尝试问他。

玩具巫师皱着眉，接过夸布递给他的笔，刷刷写很多话。

"有一个公主，她是一个非常娇贵的公主……"

05

"我待在她的身边，却总是被她的话刺伤。"

"有一次，我说能保护她，她回答说，她有很多玩具士兵在那儿。然后，我就走了。"

夸布看了看，在纸上补充道："她并不是想让你走的意思。"

玩具巫师肯定了他，继续写着："是的，但我那个时候，什么都不懂。"

"我并不知道，除了语言，我应该看她的行动。"

"她会为我穿上美丽的裙子，邀请我一起跳舞。"

"但我却误解了她的话，就这样走了。"

玩具巫师写完，夸布看出他非常难过。

"那或许你应该回去找她，而不是把这儿整个变得这么安静。"

07

"我在练习。"

"我希望自己能够抛开语言，彻底看懂她藏在行动里的心情。"

玩具巫师写完顿了顿，又补充了一句："可是似乎，效果并不好。"

"这样看上去有些浪费时间，你大可以回到公主身边。然后，再慢慢向她传达这些。"夸布向玩具巫师提着建议。

对方想了想，点点头，正要收起纸笔离开，却被夸布拦下了。

夸布拿着笔，在纸上写着："语言并不是误解产生的原因。"

玩具巫师顿了顿，虽然并不同意夸布的说法。

但还是在离开之前，动了动手指。

一瞬间，这片平野都沸腾了。

大家在遇见的时候互相说话，一直传到走在路上的玩具巫师那儿。

09

"语言和行动，到底哪一个才更加真实？"

在回去的路上，玩具巫师一直想。

直到他回到公主身边，每天不说话，只是陪公主待着。

几天之后，终于忍不住和公主说话。

10

"哪个最真实？"

玩具巫师其实到现在，也不知道答案。

但是啊，他知道：喜欢是就算千百次闭上嘴巴，也总迫不及待地要说出来。

风的尾巴

01

夸布在山上遇到一个人，他躲在树后的石洞里，探头看到夸布的时候，问道："你有没有一把斧头？"

"或者是一把匕首，只要足够锋利，能够砍断东西。"大概是发现夸布并没有携带斧头，他紧接着这样说道。

"我有一把随身的小刀，但我不确定他是否足够锋利。"

夸布从口袋里取出随身携带的刀，对方终于有些犹豫地慢慢走出了山洞。

02

那是一个有些奇怪的人，孩子一般的面容身形，甚至还有一头柔软的卷发。但他整个是透明的，像薄薄的水层，又像是耀眼的泡沫。

"请问你需要小刀是用来干什么？"夸布停顿了一会儿，紧接着这样问他。

对方望着夸布手中的刀，似乎有些困扰地轻声说道："不知道这把小刀能不能砍断啊？"

"砍断什么？"

"我的尾巴。"

随着这声回答，夸布才发现，对方身后有一条垂到地面的小尾巴。

03

"为什么要砍断尾巴？"

夸布没有追究对方为何与众不同，也没有好奇他为什么会有一条尾巴。只是感觉砍掉尾巴会非常疼，才忍不住出言询问。

"因为我是风。"

对方一边回答着，一边凑到夸布身畔坐下。

"在我还没有变成人的时候，抓住我的尾巴，就能和我一起飞到天上。"

夸布听着风的描述，不禁抬起头，望向高高的云层，有些惋惜地问道："那现在你觉得有这样一条尾巴不好吗？"

"没有不好，只是现在没有用处了啊。"

风低下头，额前有些细长的头发耷拉下来，连带着语气都显得消沉了几分。

"以前我从湖边飞过，有一个怕水的孩子，会拉着我的尾巴过河。"

风这样说着，手指无意间拨动着小草。

"有一次，我带她去更远的地方，在暴雨中她没抓紧我的小尾巴，我们失散了。"

"你没有再找到她吗？"

"我没能再找到她，我飞过了整片大陆，在每一条河边停留，都没有再看到她。"

听到这样的回答，夸布回过神来，几乎是有些手足无措地抱了抱眼前的风。

"后来我太累了，在这个石洞里入睡，等睡醒的时候，我就变成了人。"

风伸出双臂，舒展开手指。

"但是我还是有一条尾巴，可是现在尾巴又有什么用呢？"

"我没有办法找到她，突然就觉得，所有一切都没有用处了。"

他站起身子拉起夸布，再次确认道："请问你的刀能借我砍掉尾巴吗？"

夸布擦了擦不知道什么时候挂上脸颊的眼泪，勉强挤出一个笑来，哽咽着说道："不可以"。

"婆婆说不可以。"

在风疑惑的眼神中，夸布轻轻拽起他的小尾巴，取出一条项链。

那是一场依依不舍的托付。

独自上路的老人，在一个秋天和夸布相遇。

老人无论如何也没有办法继续前进，于是把项链交给了夸布。

"她没有来得及告诉我，这条项链要怎么办。"

夸布把它递给风，继续说道："但这应该是要送给你的。"

有些老旧的项链底部，不大的吊坠上歪歪扭扭刻着一个小小的画面——扎着辫子的孩子抓住一阵风。

仿佛他们正飞过高山，飞过河流，飞到永恒的故事当中。

贩售记忆

01

夸布站在山谷前，望着被挡住的狭窄入口。

倒塌的高大树木，横躺在入口处，像是一堵高高的墙。

一个木偶人试图推动拦路的大树，正更换不同的方式尝试着。

大树纹丝不动，被完全挡住的入口，依然没有出现一丝缝隙。

"进不去啊……"

在夸布以为对方还会再试试的时候，木偶人一下坐到了地上，这样说着。

02

"请问里面有什么东西吗？"

夸布往前走了几步，来到木偶人跟前问道。

木偶人好像是用尽了全部力气，边喘着气边断断续续地回答："里面什么都没有。但重要的是，记忆可以在这儿贩售。"

03

"记忆也可以贩售？"

夸布盯着大树，试图透过大树看到山谷内的情形。

可是大树挡着，他什么都看不到。

好在木偶人休息了一会儿，开始仔细地向他解释。

"所有记忆在这儿都会有一个价格，越是难忘就越珍贵。"

"你有想要贩售的记忆吗？"

夸布在木偶人身边坐下，过了一会儿才听到对方回答："可能有吧，其实我记不清了。"

04

"但这并不代表那段记忆不够珍贵。"

看着夸布有些疑惑的目光，木偶人紧接着说道："在我乏善可陈的生活里，那的确是一段珍贵的记忆。"

说着这些，木偶人不再开口，似乎是在认真回忆。

夸布想了想，提醒他："或许是一个人？"

木偶人顿了顿，点点头："好像的确是一个人。"

05

"应该是一个很重要的人。我的一切，可能都和他有关。"

木偶人直直地盯着远方，慢吞吞地说一些话。

"可能他去了什么地方，总之是离开了。在那儿之后，有一段十分难受的日子。"

木偶人突然站起身子，夸布以为对方想起来了。

然而，他只是说："所以我才决定来贩售记忆。"

06

"你会全部想起来。"

夸布这样总结，然后他就看见木偶人摇了摇头。

"其实到了这里，我才惊奇地发现，我已经记不清那个人的模样了。"

"但那是段珍贵的记忆呀，不需要再记得了吗？"

在夸布不解的疑问声中，木偶人摇了摇头。

"总觉得和他有关的一切，都已经模糊了……"

07

"记忆就是这样会随风消逝的东西。"

木偶人似乎已经完全不想去山谷了，而是舒舒服服躺在地上。

"不管它曾经多么珍贵，让你多么难受。"

"在决定放下的那一刻，那段记忆就已经被赶出脑袋了。"

夸布看向木偶人，正对上对方转头。

"所以我会忘记，好像也只是理所当然的事情。"

08

"忘掉那段记忆会不开心吗？"

在木偶人离开之前，夸布忍不住问他。

"忘记和贩售的结果是一样的啊。"

"在我决定放下的时候，就已经接受这样的结果了。"

那个时候，木偶人冲夸布挥手，声音传得远远的。

"况且，我们的生活就是由一段又一段的记忆填补的。"

"扔掉旧的，才会看到新的。我们就是这样的生物。"

采梦人

01

夸布弄丢了一些梦。

准确来说，他总觉得自己好像在深夜做了一场梦，清晨醒来却一点儿都记不起来。

在又仔细回忆了一遍之后，夸布靠坐在树下，试着闭上眼睛，假装熟睡。

然后，一阵皮革踏地的声响从远方传来过来。

"哒哒哒——"

声音越来越近，夸布好奇地想偷看，但还是继续把眼睛闭着。

"怎么还没有梦啊？"

在听见这样的嘀咕声后，夸布睁开眼睛，正对上一个接连后退的小人。

02

小人好像被吓着了，退了几步，摔坐在地上。

他只有拳头那么大，穿一双小小的皮靴，裹着厚重的袍子，活像一只移动的雪球。

"你把我的梦偷走了吗？"

夸布问了一句，小人站起身子看向他，气鼓鼓的。

"我采摘了你的梦，而且不会还的！"

小人实在是有些理直气壮，于是夸布继续问道："那要怎么办呢？那些都是我的梦啊。"

03

采梦小人看上去有些为难，他皱着眉，仔细思考了一会儿。

随即，慢吞吞从袍子里掏出一个空荡荡的罐子。

"那么带你看我采梦吧。"

虽然对方这样说着，但夸布其实并不明白小人到底要做些什么。

可是，还没等到夸布弄清楚，他就变成了一颗星星，被安置在罐子的角落里。

小人跑向森林后的那个小镇，开始跳进不同的房子间。

有时候他是从窗户进入，有时候又像是坐滑梯那样，顺溜着从烟囱进入。

"你要干什么？"

夸布疑惑地和他说话，但采梦小人没有回答，而是自顾自道："就这一次噢，你不可以再让我还你的梦！"

04

小人一边说着约定，一边爬上房间内孩子绕满铃铛的床头。

夸布看着他小心翼翼地避开铃铛，踩出奇怪的舞步。

下一秒，孩子的梦炸出一朵白色的烟花，又聚到一起，变成一颗亮亮的星星。

星星飘进罐子，散发着浓烈的奶香味儿。

"不许偷吃！"

采梦小人敲了敲罐子提醒，夸布这才反应过来问他：

"采摘的梦要怎么办呀？"

05

紧接着，采梦小人又跑了段路。

夸布坐在角落，一路颠簸，撞得有些晕乎乎的。

"大人是没有梦的。"

采梦小人站在小镇中央高高的塔尖上，不知道从哪儿又掏出一个罐子。

罐子里满当当，填满了各种颜色的星星。

"蜂蜜色那颗里，住着一只胖熊；水灰色的那颗，是一条大鱼……"

不同颜色的星星被挨个取出，小人念念叨叨，向夸布讲起每颗星星包裹着的梦。同时伸出手，把它们都揉成一团，捏成一个圆鼓鼓的星星形状。

06

"为什么大人没有梦。"

采梦小人慢慢捏着大星星，夸布疑惑地问他。

"因为是大人。"

小人终于完整捏好星星，把它放在掌心。

"如果向大人说起爱吃蜂蜜的胖熊，他们一定会先讨论起蜂蜜价格。"

"提起大鱼，无论你怎么复述它的身躯和鱼鳍，他们都想不出到底是什么样的大小。"

"但如果说要买下同样大小的房子，他们就一定会感叹，真的太大了。"

07

"大人就是这个样子，他们总是这样无趣。"

采梦小人说完，把圆鼓鼓的星星放向天空。

星星在天空突然炸开，五颜六色，发散着耀眼的光。

光点给夜空添上一道又一道轨迹，夸布定睛望了望，发现每一道光点都慢慢坠落，朝着不同的方向。

"它们飞去哪儿？"

夸布好奇地转头望向小人，小人坐下来，挠了挠头："大人们的脑袋里，变成梦。"

08

"大人不是都很无趣吗？"

等到所有烟花消散，采梦小人带着夸布回到开始的树下。

夸布动了动再度出现的四肢，这样问道。

"但所有大人在梦里，都有重新做回孩子的权利。"

采梦小人举着空荡荡的罐子转身，似乎又在重新等待下一个深夜。

"哒哒哒——"

在离开的脚步声中，采梦小人最后向夸布说着："你的梦很有趣。希望你晚一点变成大人。"

大人国

01

在进门之前，夸布决定先叫醒躺在门边的老人。

他不知道在这儿躺了多久，但夸布在路上远远就看见了他。

等走近了，才发现对方还在说着梦话。

"不能进去。"

梦话大致是这样的，夸布想听清楚些，于是问道："为什么呀？"

可老人还是自顾自念叨着，"不许进去。"

所以，夸布觉得应该去叫醒他。

02

"为什么不能进去？"

夸布轻轻把老人摇醒，再一次问他。

老人似乎是不太清晰，迷迷糊糊地回答："我不会进去。"

等又反应了一阵子，才接着和夸布说话。

"你知道对面是什么地方吗？"

老人指着那扇门，见夸布摇了摇头之后，才告诉他："大人国。"

03

夸布其实没有听明白他说的是什么意思。

他盯着老人看了看，对方年纪很大了。

有着一头花白色的头发，皮肤上还冒出了一些斑。

"但你看上去像是一个大人。"

夸布这样问了一句，又紧接着补充道："那你为什么不想进入大人国？"

04

夸布的问题可能有些无礼，但老人毫不在意。

他蹲下身子，甚至还拉着夸布一起坐在地上。

"孩子是什么时候变成大人的？"

老人提出了这样的问题，夸布想了想，却怎么也找不到答案。

好在，老人随后自己回答："有人觉得是一个晚上；有的人觉得是在遇到了某一件事之后；有的人又觉得，在跨过门的瞬间就变成了大人……"

"可是真的是这样吗？"

05

夸布听老人说完，摇了摇头。

于是，老人这才回答起他刚才的问题。

"不是这样，变成大人要准备好应对一切。"

"我还没有准备好，所以不想进去。"

06

"即使已经变成了大人，也一直不进去吗？"

夸布看着老人的样子，又重新思考起这个问题。

老人也不说话，让他想了一会儿。

不知道过了多久，才又开口问他："你觉得大人和小孩，是由什么区分的？"

"年纪。"

夸布原本想这样说，但话还没说出口，他就扔掉了这个答案。

只是低着头回答，"我不知道。"

"成为大人还是当个孩子，这是由你自己决定的。和年纪还有其他任何东西都没有关系。"

07

"就算到了我这个年纪，只要觉得自己还是孩子，就依然是。"

老人慢悠悠说着，望了眼夸布。

"尽管你可能认为我是个大人，但这并不会影响到我自己是怎么认为的。"

夸布可能有些明白了老人的话，他费劲地总结了一下："所以，成不成为大人，也不是靠是否进入大人国决定的。"

08

"就是这样"，老人点了点头。

"这只是一扇普通的门，并没有什么能让人突然变成大人的魔力。但我把它当成一个仪式。"

老人指着那扇门，认真地向夸布说着。

"等到什么时候，我可以真正成为一个大人。"

"一个还不错、不糟糕的大人，那我就走进这扇门。"

09

"我觉得你是一个很棒的大人。"

老人躺下了，似乎很快又要睡着。

夸布看了他一会儿，又接着说："你也可以当一个很棒的孩子。"

他不知道怎么去形容老人，因为老人说这些只有自己可以决定。

10

在老人睡着之后，夸布慢慢站起身子。

夸布站在大人国的门前徘徊良久，最后还是没进去。而是转身，选择了绕路。

"我还不能成为一个厉害的大人。"他这样想着。

一件新衣

01

有一个人，站在山顶上。

他朝着下方张望，发现远处有一个身影移动着，就快要接近。

"怎么办呢？挑哪件才好呢？"

在这样的自言自语中，他换了一身衣服。

然后，继续站立着。

02

"你为什么不和我说话？"

夸布到达山顶，从那个人身边经过，听到对方这样问他。

"你好。"

虽然不明白为什么必须要和他说话，但夸布停下脚步，还是打了招呼。

"果然，这套衣服是最有亲和力的。见到我穿着它们的人，都会忍不住和我说话。"

对方没有回应夸布，而是自顾自地这样总结着。

03

"其实我和你说话，只是出于礼貌。"

夸布想了想，还是打断了他。

对方这才转过头，很是疑惑地看他。

所以，夸布只好继续补充道："我和你说话，和这套衣服没有任何关系。"

"为什么没有关系？怎么会没有关系？"

对方絮絮叨叨地重复这几句话，夸布挠了挠头问："你是不是生气了？"

04

对方没有回答。

夸布只看见他从岩石后拖拽出一个庞大的袋子，然后艰难地翻找着。

等他终于找出一套火红的衣服，飞快地换上，夸布才继续和他说话："虽然我不明白为什么，但如果刚才的话让你生气，我非常抱歉。"

"看见我的衣服，你就应该明白，我非常生气。我现在就像一团燃烧的火焰，就有那么生气。"

尽管能明白对方是在生气，但夸布还是不知道，为什么他会把所有事都和衣服扯上关系。好在，夸布也并不需要知道。

于是他打算离开，继续往前走了几步。

"等一下！"

"别走！"

"停下！"

"我命令你停下！"

身后传来一阵阵叫声，越来越响，夸布只好回头。

对方依然是站在岩石那儿，一样的姿势。

只是，衣服又换了。

06

他现在换上了一身看上去十分华丽的衣服。

繁复的长袍下面，是一双精致的长靴。

夸布回头的时候，他正在戴一个类似王冠的帽子。

"果然，穿上这套衣服我就是附近的国王。我让你停下，你就得停下。"

发现夸布没有继续离开，对方满意的说着。

"和衣服有什么关系吗？"

夸布这次完全停了下来，走过去这样问着。

"我是什么样子，你觉得我是什么样子，都和衣服完全相关。"

对方换上一套比较舒适的衣服才回答，甚至又拖出那个笨重的衣袋，直接向夸布展示。

"每一套衣服都不一样，每一套都会让你对我产生不一样的看法。"

"我正穿着的这套，因为舒适让我觉得自己可以和人交谈，而且颜色看上去比较柔和，你也会比较想和我交谈。"

08

"我对你的看法，并不是由衣服决定。"

夸布认真地和他说着，但对方并不相信，而是说起自己的经历。

"我以前一直帮别人做衣服，我明白衣服能给人带来的改变。"

"衣服的确是能够带来一些改变。"

听到这儿，对方似乎觉得夸布已经赞同了他。

紧接着，夸布又说道："但你是什么样，应该是取决于你的内心认为自己是什么样。"

"除了你的内心，再没有任何东西能改变你。"

09

"内心怎么会是由服装控制的呢？

我并不会单纯地从衣服或者是任何外在，判断你是一个什么样的人。"

夸布慢慢说着，却没能说服他。

对方还是紧紧抓着那袋衣服，快速地更换着服装。

每换一套衣服，就说不一样的话，然后又问夸布："你看，我的确不一样了吧？"

10

"那最开始你是什么样子呢？"

"我是问最早之前，可能是你还在做衣服的时候。"

夸布问完，对方又疯狂翻找起衣服。

"太久没穿了。"

"大概是这样？好像又不太对。"

好不容易找出那时的衣服穿上，他仔细回忆起，最开始是什么样子。

衣服存得太多了，配合的状态也太多了。

他有点记不清了。

11

夸布走了，他没能等到对方想起最初应该是什么模样。

那个山顶，依然有一个人站着。

那个人想了很久，在一个清晨，慢慢脱下衣服，赤身裸体地站着。却又像穿了一身新装，真正属于自己的新装。

空想家

01

空想家坐在一个椅子上。

夸布从他身边经过的时候，他动也不动地坐着。

等到夸布发现自己好像走错了路，再返回的时候，他依然是那样。

"你好，有什么需要我帮忙的吗？"

夸布猜测对方可能是遇到了什么麻烦，于是这么问道。

但对方很快问答："没什么需要你帮忙的。"

02

空想家转过头看向夸布，有些骄傲地说着："我是一个很成功的人。"

夸布有些不好意思地说，"抱歉，那请问你在干什么？"

"我正在思考。"

“思考什么？”

“一切。”

“什么？”

夸布一开始以为是自己没有听清，但空想家很快又复述了一遍。

“我思考一切。”

03

“你知道的，总是会有各种各样的问题。我遇到什么，就思考什么。”

夸布点了点头，大概明白了空想家的话。

“我可以告诉你，我正在思考什么事情。”

空想家好像是很乐于告诉夸布这些，一开口就不停说着。

“我得到了一粒种子，坐在这儿的时候，它飘了过来，落在我身上。我正在思考，怎么样才能用它种出树来。”

04

夸布想听对方讲到底该如何种出树。

可是，空想家顿了顿，又开始讲起上一个他思考的问题：“其实，在这儿之前，我正在思考，这是一粒什么种子。”

“按照推测，它可能是苹果，也有可能是梨。当然，桃子也行……”

05

“请问怎么才能种出树来？”

空想家开始说起不同水果的名字，夸布等了一会儿，不得不打断他。

"我……我正要说这个呢……"

他说得磕磕绊绊，似乎是有些生气。

"最好在春天播种，来不及的话，秋天也行。土不要压太严实也不要太松，浇适量水。准时去查看发芽情况……"

06

空想家说得非常详细。

夸布安静地听他说完，有些期待地看着他。

"怎么了？"空想家问。

"去种树吗？"夸布问。

空想家并不说话，只是摇了摇头。

"那接下来干什么？"

"思考下一个的问题。"

07

这个时候，天上有只气球飘过，卡在前面的一棵树上。

空想家接着说，"现在思考，要怎么把它取下来。"

"取下它的话"，夸布提醒空想家，"只需要……"

"当然，我能想到该怎么做。你先别说话。"

于是，夸布沉默着。

直到空想家说道："只需要借助那根比较低的树枝，甚至不用完全爬上去，并不费什么力气。"

"你要去取下它吗？"夸布这才继续说话，轻声问着。

但空想家又摇了摇头。

08

夸布这下明白，自己到底是在疑惑些什么了。

"你思考一切，但却并不去做吗？"

空想家点了点头，"当然，我要做的是思考。"

"思考之后，知道该怎么办，也不去做吗？"

"知道该怎么办，这个问题对我来说就已经结束了。我开始思考下一个问题。"

09

"那么，一开始为什么要思考它呢？并不是因为想完成它，所以才要找一个适当的方法吗？"

空想家没有回答，夸布站了一会儿，就打算离开了。

"我思考，可以给别人提供方法。"

夸布取下树上的气球，快要走远了，空想家赶紧大声说着。

"你取下气球的方法是我思考出的。"

10

"我知道该怎么取下它。"

"而且，就算没有经过那么漫长的思考，你走到树下，看一看，就知道该怎么办了。"夸布停下脚步，这样说着。

"你的意思是，不需要思考吗？"

空想家大概是觉得自己被冒犯了，有些生气地说着。

"我并不是这个意思。"

"只是觉得，思考却不去做的话，那其实是不是就和没有思考一样？不做的话，也不知道思考出来的结论是不是对的。"

11

"不把种子种下去，你根本不知道想出的方法到底能不能让它顺利变成树。也根本不会知道，它到底是什么种子。"

夸布说完，认真地看着空想家。

对方似乎同意了他的话，点了点头，然后说着："思考但不去做到底有没有用处？"

"我现在思考这个问题吧。"

头上的山和树

01

夸布不知道自己走了多久。

这座山太大了，感觉怎么也走不到头。

更糟糕的是，在他正想停下来歇歇的时候，山动了。

原本就光秃秃的山，一旦动起来，根本就没有任何地方能够躲避。

夸布徒劳地抓了几下，就开始迅速往山下摔着。

他飞快地下坠，落到一块还不算太硬的地上。

夸布慢吞吞爬起来，就听见一个巨大的声音说："好痒。"

02

这个声音实在是太大了。

夸布不由自主地想捂住耳朵，伸出手，却发现有人拉着他，把他提了起来。

眼前出现的是一张巨大的脸，对方好像是有些看不清他。

于是凑近了些，又凑近了些，才摊开手掌，把他放在中央。

"噢，是个小人啊。你快走吧。"对方这样说着。

夸布觉得听见的声音更响了。所以，放大声音冲他说着："请问你可以声音小一些吗？"

03

"你们小人总是有各种各样的要求。"

对方似乎有些不太高兴，可还是压低了声音："但你用了请这个字，所以我答应你。"

这下夸布终于开始松开捂着耳朵的双手，他说了声谢谢，然后飞快顺着对方的胳膊跑下去。

这才发现，那是一个巨大的人。

他半躺在地上，准确来说，刚刚的山，只是他的头顶。

04

"你真厉害。"

夸布又跑回巨人掌心，这样说着。

"你的头顶是一个山！"

他的声音听上去非常惊奇，巨人不禁也有些得意地回答："这算什么，我还可以让山上长出树、建造出房子。"

05

夸布回忆了一下，他在山上走的时候，发现四周空荡荡的。

"现在没有办法再长出树和房子了吗？"他不确定地问道。

巨人伸出另外一只手，缓慢地摸了摸头："只是太麻烦了，而且，太吵闹了。"

"试图满足别人的要求，是世界上最麻烦的事情。"

06

巨人用了最这个词，足见是真的经历过这种麻烦。

所以，夸布在他掌心坐了下来，慢慢听他说着。

"以前，我觉得山孤零零的，就让上面长出了很多树。"

"后来，有一些小人来到了山上，可能是发现山会自己长出树，就留了下来。"

夸布费劲儿地抬头，很难想象现在光秃秃的山上，原本有片森林。

"后来偶尔我听见他们说，这里有这么多的食物，如果有房子就更好了。"

07

"我让山上建造出了房子。"

在巨人的描述里，夸布想象着，冒出的会是什么样的房子。

"一开始，他们挺开心的。但后来，就觉得房子不够好看，树上结出的果子也总是一样。"

"可那是你送给他们的。"夸布有些难以理解地接了一句。

巨人回答："但是他们并没有这么认为。"

"他们甚至还为了树和房子，互相争抢，真的太吵闹了。"

巨人这么说，夸布一点也不怀疑吵闹的程度，他接着问道："后来呢？"

"后来我把树拔了，房子也倒了。他们就走了。"

"就这么走了吗？"

"因为山上什么都没有了，所以就走了。"

巨人说完，又想了想，加了一句。

"好吧，他们还说了很多难听的话。"

"可是山本来就是你的。"

夸布确定自己完全没有办法理解这件事情，索性就不管了，只是问："那现在山会孤独吗？"

"有时候会吧，吵闹并不比孤独好。"

巨人回答着，看了看夸布。

"而且现在光秃秃的山，偶尔也会有人经过这样就挺好的。

"山只是山，就行了。"

机器人

01

夸布躲雨的时候遇到了一个机器人。

他跑进废弃的破屋的时候,机器人正规规矩矩地端坐在角落里,有些紧张地靠着墙。

机器人听见声响,抬起头看着淋得湿答答的夸布,犹豫了一会儿爬起来给他递了一块手帕。

夸布道了声谢谢,用边角上绣着簇簇小花的手帕擦了擦脸。

"突然下雨了啊。"

机器人用一种熟稔的语气,和夸布打着招呼。

"是啊,原本以为不会下雨。"

虽然和机器人是第一次见面,但夸布还是十分礼貌地回答。

机器人看了看显得有些疑惑的夸布,盯着窗外淅淅沥沥的雨滴,好像自言自语一般说道:

"我已经很久没有见到人了,所以总想多说些话。"

278

周围全部都是废弃的房子，夸布在路上也没有碰到任何人。

于是，夸布点点头，有些抱歉地问机器人："你一直都待在这儿吗？"

雨好像停了，机器人缓缓回答："对，我一直都待在这儿。这儿原本住了很多人，但后来，他们都走了。"

夸布点了点头，把手帕递给机器人，往外走了几步。

然后，在回头望向机器人的时候，又转过身子："那我陪你再多说些话吧。"

在那儿之后，夸布总是能看到忙忙碌碌的机器人。

他有时候，是在修理破旧的房屋。

有些时候，是在修剪野蛮生长的野草。

甚至有一次，夸布还发现，他在缝补一只破旧的玩偶。

"你一直干这些吗？"

夸布拉着忙活完的机器人一起坐下，有些新奇地感慨着。

机器人垂着头盯着地面，告诉他说："因为我没有办法干别的了。只有快报废却还没有停止运转的机器人，才会被留在这儿。"

夸布开始和机器人一起干一些事情。

待在一起的时间长了，有时候，机器人会指着一栋栋空荡荡的旧房子，告诉他，原本里面都是什么样的人在住着。

又是一个下着雨的傍晚，夸布拉着机器人一起跑向破屋躲雨。

机器人有些无可奈何地笑了笑，"又突然下雨了啊。"

伴着滴答的雨声，夸布依稀听到有零件迟缓运作的声响。

夸布突然在雨中停下来，带着机器人向车棚慢腾腾地走着，机器人不解地望向他。

"你最近开心吗？"到了车棚，他这样问道。

机器人点点头，像往常一样，给夸布念叨着过去的点滴小事。

在对方没有注意到的时候，夸布转头，偷偷看了一眼机器人背后的那串编号。

04

机器人发现，夸布最近总是待在不同的旧房子里。

有一次他等在门外，过了很久，夸布才慢吞吞地出来。

夸布不知道从哪里找了一个大口袋，里面装满了所有能找到的机器人的部件。

他把那些部件一一拿出来，挨个告诉夸布那些到底都有什么用处。

能找的零件太少了，几乎全部都是无法匹配的。

夸布难过地埋下头，机器人蹲下身子，告诉他说："不用这么费心，机器人身体里所有的零件都是会有使用年限的呀。"

"所有零件都有使用年限，那我就把所有东西都找齐。"

夸布抬起头，直直望向机器人，然后朝着还没有去过的房子奔跑。

05

终于，机器人的电池寿命即将耗尽。

夸布跑遍了这片所有的屋子，找遍了所有地方，却只找到半节仍能使用的废弃电池。

夸布把那半节电池给机器人换上，在发现并没有多大用处之后，终于忍不住抱着机器人冷冰冰的胳膊痛哭。

所有感官都已经变得相当迟钝的机器人，慢吞吞地给夸布递了一块手帕。

"没关系的，其实第一次遇见，我正打算实行自我毁灭程序来着。"

他声音越来越小，但还是继续说着："多出来的日子已经很美好了呀。"

06

"可是，我还没有和你一起，待很长很长的时间。"

夸布望向瘫坐在地上的机器人，哽咽又无措。

机器人用举着的手帕，轻轻又艰难地从他的脸庞划过。

"时间的价值，有时候不是由长短决定的。"

在最后的、仅剩的短暂时刻，他这样说。

白昼塔

01

这是一个偏远小镇的故事，大概是发生在最东边的一座孤岛。

夸布到达小镇的时候，正是深夜。

周围黑漆漆的，只有半圆状的月亮在高高的树顶挂着。

风一吹，单薄的树杈上压着的积雪飘落，就像是月光被轻轻洒下。

"好像天亮的更晚了些。"

夸布这样想着，走在空荡荡的街道上。

他在刚入夜时从很远的地方过来，走了很久，到现在都没有见到天亮。

02

街道两边，家家户户门窗紧闭，甚至都没有灯光照出来。

夸布不确定地又计算了一遍时间，终于确定，一般这个时候，太阳早就会出现。

"是不是太阳出了什么问题?"

四下静悄悄的,没有人回答他。

夸布只好停下脚步,直到发现广场最东边有一个塔尖微微闪着光,才慢吞吞走了过去。

03

那是一座高高的塔,塔尖一闪一闪透出亮堂的光。

夸布站在下面,盯着塔尖,就像是看到了一颗星星。

"我需要去确认一下,塔里是什么。"

夸布喃喃自语,踩着木梯上去。

木梯不断发出声响,扶手上厚厚的灰尘沾在了掌心上。

夸布抬起手,正打算清理。

一偏头,就看到塔顶狭窄的空间里,星星在塔顶散聚。

一堆又一堆,闪着光。

04

塔顶中央,立着一根半高的木桩,有只胖胖的猫咪团成圆形在上面睡着。

它那粉粉的鼻尖呼出的气息,有节奏地吹动起长长的胡须。

"你知道塔里为什么会有星星吗?"

夸布轻轻靠近这里唯一的住户,轻声问道。

可是,猫咪没有回答他。

于是,夸布转身打算下楼,刚踩上楼梯,又听到一阵这样的声音从身后传了过来：

　　"完蛋了，又醒晚啦！"

<h2 style="text-align:center">05</h2>

　　胖乎乎的猫咪懒洋洋地趴在木板上，用前脚盘动起一个圆滚滚的线团。

　　不知道是从哪里扯出来的丝线，绕在线团上，细细的，像是光亮的太阳，又像是冷清的月光。

　　线团绕着丝线越变越大，夸布不经意看向窗外，温热的太阳慢吞吞地爬了上来。

　　"太阳是被猫咪的丝线拉上来的。"

　　夸布盯着太阳上隐约挂着的线，惊奇地说道。

<h2 style="text-align:center">06</h2>

　　"原来是你拉起太阳的啊。"

　　夸布跑过去试图抱起圆滚滚的猫咪，却被长尾巴重重甩了一下。

　　"我拉太阳呢。"猫咪盘着线团这样讲着。

　　夸布想起他原先说的又醒晚了，蹲下身子说道："你最近怎么越醒越晚啊？"

　　太阳挂到恰好的位置，猫咪放下线团，跳回睡觉的木桩蹲着。

　　"就你们能在冬天赖床吗？"

<h2 style="text-align:center">07</h2>

　　猫咪凶巴巴地回答，长长的毛都炸了开来。

然后望了望矮下身子和他平视的夸布，有点委屈地回答："冬天太冷了，我偶尔也是想多睡一会儿的呀"。

说完猫咪把脸埋进了脚边，不一会儿就打起了细细的呼噜。

"需要我帮忙吗？"

夸布看着困到不行的猫咪，试探性问着。

"那以后你来拉太阳。"

原本睡着的猫咪站起身子，左右摇动着长长的尾巴："傍晚还要来拉月亮。"

08

"你为什么要进白昼塔？"

某一天傍晚，夸布耽误了一些时间，正往塔跑的时候被清除雪块的老伯伯撞个正着。

老伯伯板着脸叫了一嗓子，镇上许多人都围了过来。

"里面住了太阳和月亮。"

"绝对不能进去的。"

大家涨红了脸，七嘴八舌地说着。

09

"没有住太阳月亮，只有一只贪睡的猫。"

夸布仔细解释着，大家先是听到笑话似地摆了摆手，然后才恍然大悟般睁大了眼睛。

"如果每一个人都可以拉起太阳和月亮，那只不负责任的猫还有什么用呢？"

不知道是谁嘀咕了这么一句，话语伴着厚重的积雪砸在地上，响声沉沉的。

　　"是啊。"

　　"我就说这些天奇怪，那只猫竟然偷懒。"

　　"把猫赶出白昼塔。"

10

　　这样的声音齐齐传了过来，夸布看着大家怒气冲冲地冲向白昼塔。

　　"不是这样的！不能这样！"

　　他大声叫喊着，可是没有人听他的话。

　　只有塔顶的猫咪，睁着圆圆亮亮的眼睛看着他。

　　"我们走吧。"

　　有人伸出手试图抓住它，猫咪提起前脚，从高高的窗户跳向夸布。

11

　　"对不起。"

　　夸布接住它，有些手足无措地道歉。

　　猫咪又跳到地上，甩了甩尾巴，往前走着。

　　"光并不能把所有东西都照亮。如果有人选择了屈从内心黑暗的角落，那他们或许就不需要光。"

　　猫咪的声音细细的，和着塔内的叫喊声在空中飘荡。

　　"猫跑了！"

"拉月亮的线团在哪儿？"

空空的塔内，这样的声音回荡，线团消失了。

然后，就像是倒数一般，太阳被拖拽着快速下落。

天黑了，太阳和月亮再没有在这片小镇出现。

闪光的树枝

01

一月间，天气寒冷，雪连下了几场。

风带着潮湿的水汽，吹到哪儿，哪里就裹上一层薄薄的冰。

夸布行走在白茫茫的雪地里，一阵细微的呻吟叫住了他。

"你怎么了？"

他停下脚步，有些茫然地四下张望。

这个时候，叫声在前方的树上响起。

那阵声音焦急地问着："你还好吗？"

02

夸布走了几步，所有叶子被冻住的树上，只有一根树枝舒展着。

"是你在说话吗？"

他抬头，视线正对上那根树枝。

风刮过来，树枝摇晃了几下，然后才颤颤地回答："我刚才在跟它们说话。"

厚厚的积雪上，几根被风刮折的枝杈无声无息地横躺着。

03

"风太大了。"

夸布这样说着，树枝抬高了声音，急促地说着："但我不会被折断的。"

就像是保证一般，树枝不断重复着这一句话。

可是树枝看上去太细了，就像是在春天新生出的一样。

"可以告诉我为什么吗？"

夸布踮起脚尖，举起脱下的外套挡住迎面刮过的风，温柔地问道。

04

"大树沉睡了。"

小树枝被保护在外套中，突然有些无所适从。

它顿了顿，等反应过来，才继续说话。

"可能在沉睡里，大树就会枯萎了。"

"春天很快就会来的。"

夸布想了想，轻声对小树枝说着。

05

"所以我要陪大树等到那个时刻。"

说起这个，小树枝声音坚定。

"在秋天，大树掉光了所有叶子。冬天的风，又刮断了很多树枝。"

听着树枝的话，夸布低头，看向地上横躺的断枝。

有些断枝看上去十分粗壮，另外一些，也比它要结实得多。

06

"可是你只是一根小树枝。"

夸布可能只是想表达这个事实，但话说出口，却像是否定似的。

好在树枝并不在意，反而更加详细地讲起话来。

"我确实是一根小树枝，容易被风刮断，甚至可能会被积雪压垮。"

"但就算这样，我也要带着陪大树等到春天的心情，一直坚持着。"

07

风好像停了，小树枝的声音回响在寂静的原野上。

"我不要被风刮断，也不能被雪压垮。"

夸布好像明白了它的意思，却还是忍不住问："为什么？"

"因为我想和大树一起等到春天。那样的春天，没有人一起看到的话，就太孤单了。"

08

"你不会被折断。"

夸布找出一根长长的绳子，从与大树的连接处起，小心翼翼地缠绕着。直到把小树枝完整裹住。

"这样看上去就结实多了。"

广阔的原野上，远去的夸布有时回望：

冬季少见的日光倾洒，照得树枝宛若闪光。宛若披着一身春光。

一粒雪

01

一粒雪，挂在突出的石块上。

它已经在这儿躺了一段时间了，可还是没能等来日光。

反倒是一个人突然站在前面，挡住了它。

"你好，请问可以让一下吗？"

雪花终于忍不住这样问着。

"什么？"

夸布循着微弱的请求，转过身子。

然后，就听着雪花继续说道："你挡着我晒太阳了。"

02

谁都知道，雪花会在阳光下融化。

夸布有些不解地蹲下来，问它："你不担心会融化吗？"

雪花一动不动，很快回答："我就是在等日光啊。"

"那种一下子，就能把我晒到融化的日光。"

03

夸布彻底不明白雪花到底是什么意思了。

但他还是按照雪花的意愿，往一旁移了几下。

冬天的太阳总是难得，就算出现，也没有什么热度，就像是被冻住了一样。

雪花叹了口气，继续跟夸布说话。

"你一定觉得很奇怪吧？"

夸布点点头，雪花慢吞吞说起原因："不久之前，有一场雪崩。我是雪崩中的雪花。"

04

雪花这样说着，夸布抬头，遥遥望见远方积雪的山坡。

"雪崩压塌了一切。"

夸布回想山坡到这儿的途中，的确是白茫茫的。

雪花还在继续说着："大地震动，树木倒塌，奔逃的动物被埋在下面。"

夸布听完想了想，认为雪花想把自己晒坏，可能是因为太过自责。

于是，他问对方："因为这场雪崩，才想把自己晒化吗？"

05

"从山坡往下滑落的途中，听见的全是哀嚎声。他们都在说，都是雪花的错……"

雪花的声音越来越低，夸布又靠近了一点，打断了它的话。

"所以你也认为是自己的错？"

可能是没有考虑过这个问题，雪花顿了一下，慢慢开口："他们都是这样说的。"

06

"别人的看法，从来都不是你的。"

夸布蹲下身子，仔细地和雪花说着。

"雪崩的时候，每一粒雪都往下滑，不可控制地往下滑。就算有停下的想法，也是无能为力的。"

雪花突然又说起了话，"我想待在高高的山坡上，可是突然就下滑了。没有任何预兆，也没有什么办法。"

07

夸布以为它还会再说些什么，可是雪花又沉默了。

"一定要听别人的评定吗？我觉得这个想法本身，就是错的。"

说完这句话，夸布站起身子，挥手走了。

一粒雪，依然挂在突出的石块上。

08

直到下一个春天。

日光的热度终于足够把积雪晒化，思考了一整个冬日的雪花，才后知后觉地回答："我不认为是自己的错。"

一粒雪快被日光晒化，这个时候，他才终于想出了答案。

鲸的影子

01

夸布站在山顶的眺望台上，俯视着被积雪覆盖的原野。

白色原野上，橘色的余晖在山的倒影里落下粼粼的光。像流动的水，跳跃着，闪耀着。

一片巨大的阴影出现在了这片原野，夸布下意识抬头张望。

天际空荡荡的，地上的轮廓就像是凭空出现。

那是一条鱼的形状，尾部微微摇摆，缓慢冲着波光粼粼的光斑移动。

流水般的光斑被完整覆盖消失，阴影停了下来。

然后夸布听见了大鱼的声音："不是海啊。"

02

"这儿没有海。"

夸布踮起脚尖，大喊着，声音却怯生生的。

"是啊，还没有到大海啊。"

大鱼转过头，朝着夸布的方向望了望，然后继续摆动起尾巴。

"你知道大海在哪个方向吗？"

夸布往眺望台下走，走了几步，又好像觉得太慢开始跑着。

原本离开一段距离的大鱼转过身子，停在夸布身旁。

"我不知道。"

03

"可是鲸应该生活在海里。"

挂在山间的太阳下落着，慢慢把夸布的影子和大鱼叠在一块。

积雪被踩出沙沙的声响，他问道："什么是鲸？"

"我就是鲸，但又不是。"

"如果在海里，那我就是鲸；不在海里，那我只是一条普通的鱼。"

大鱼断断续续回答着，"就是看上去有些巨大。"

"鲸鱼都生活在海里吗？"

夸布慢慢伸出手，影子落在大鱼头部，仿佛这样就摸到了对方。

"应该生活在海里。"

04

"可是我一直待在一个盒子里。水是死的，我好像也是死了。"

大鱼停在了原野中间，似乎分辨起方向。

"我是指还没有变成影子的时候。"

大鱼的尾巴挨上夸布的脚，凭空又无用地蹭了蹭。

"为什么现在只有影子？"

夸布蹲下身子，小小的影子和大鱼融成一团。

"因为我死了。"

"一直一直想去大海，撞向盒子，就死了。"

"虽然身躯腐朽，但我的影子还是继续奔向自由的海。"

05

"但影子留在地面。还可以继续游动，好像比以前更自由了。"

夸布看着大鱼的轮廓，想象着它巨大的身躯下坠着，落到地上。

在沉闷的声响中，挣扎着，凝成形，移动着，依然寻找着大海的方向。

"你是鲸啊。"

"即使不在海里，也是鲸。"

下雨了，夸布的声音被拍得细细碎碎，和着水滴，砸进积雪。

夸布躲进树下，大鱼移动着，松松地环住树。

06

"滴答——"

雨停的时候，大鱼继续向着大海的方向移动。

"雨砸进海里，也是这样的声音吗？"

树杈的水滴纷纷下落，最后大鱼这样问他。

"我不知道。"

夸布原本想这样说，但他顿了顿，回答：

"你一定要去到大海。"

"你一定要自己去听。"

07

夸布的声音散在空气里，冷冰冰的。

积雪有些融化，在原野上汇聚成水。

大鱼依旧缓缓游动，和着流动的水。

夸布一眨眼，仿佛看到了海。

浅水龙

01

"你迷路了吗？"

夸布停在路口的时候，前方的小河里有一个声音传了过来。

"是的，我迷路了。"

夸布说着，往小河那儿走，想了想又说道：

"其实也不是，因为我也不知道到底要去哪儿。"

"怎么会这样？"

对方听上去非常为难，停了一会儿才继续说道：

"如果你要去大海的话，是那个方向。"

02

说着，小河里露出一条尾巴，指着方向。

那是一条龙的尾巴，夸布怎么也想不到，在浅浅的小河里，会有一条龙。

于是，他有些惊奇地说道："你是龙？"

"对，我是龙。"

小河里有龙探出头，语气轻快地回答他。

"是到过大海的龙。只有在海里才能长成龙，浅水是不行的。"

03

"那你为什么会待在这儿？"

夸布原本打算这样问，但龙很快又继续说着：

"可是我原本不知道大海在哪个方向，只能在浅水待着。那个时候，我只有短短的犄角和还软软的爪子，看上去一点也不像龙。还好他告诉了我大海在哪个方向。"

04

"他是谁？"

夸布终于有机会问出自己的疑惑，龙甩了甩尾巴：

"他就住在这儿。有一次，他来洗东西，把周围的河水弄得甜丝丝的。我偷偷喝了一口，就被发现了。"

龙说着，又立即补充：

"他是来洗洒了西瓜汁的衣服。如果你想吃西瓜，可以让他送你一个。"

05

到现在，夸布还是不知道龙为什么在这儿。

"到过大海，却还是选择小河，为什么？"

夸布打断讲述起西瓜的龙，龙想了想：

"因为他告诉了我大海的方向,我变成了龙,现在我待在这儿。"

06

"这儿比大海更好吗？"

夸布接着问道，龙很快回答：

"别的龙更喜欢大海，但我喜欢这儿。"

"喜欢的事情，是不能用是不是更好比较的。"

07

龙说完，听到脚步声，提醒夸布说：

"他来了，你可以问他方向。其实，我只知道大海在哪儿。"

夸布点点头，看见有人提着西瓜慢慢靠近。

对方把西瓜放在河里，不一会儿，西瓜就被龙拖走了。

08

"其实，我不是要问路。"

夸布向他打了招呼，说明情况。

对方送他离开，告诉他说：

"龙没有必须在哪儿，浅水里也开心，那就待在浅水里。不是
非要挤在大海。"

09

夸布走了，对方捡起漂在河面的西瓜皮。

然后说了一句，"照顾你的西瓜。"

夸布一转头，就看见小河里有龙探出头，喝一口河水把两腮撑得鼓鼓的，陆陆续续地喷出水来。

水落在西瓜藤上，把叶子冲得绿油油的，半空中有一个小小的彩虹出现。

10

夸布想了想，龙并不是只知道大海的方向。

他还知道，回这条小河的方向。

真正想去地方，总会知道它在哪儿。

光的藤蔓

01

某个漆黑的夜晚，夸布靠坐在一棵树下。

一阵草叶晃动声，出现在前方。

"是风吗？"夸布心想。

夸布往前走了几步，一个声音叫住了他。

"你好，请问你可以帮我一个忙吗？"

对方是这样问的，夸布找了一会儿，蹲着身子才看到它。

02

那是一根有些奇怪的藤蔓，蜿蜒在地上，浑身黑漆漆的。

"你可以帮我找一条河吗？"

藤蔓接近夸布，急切地说着自己的请求。

"什么样的河？"

夸布回想着一路上经过的河流，然后，他就听见藤蔓回答：

"一条会发光的河。"

03

夸布从来没有见过那样的河。

他捧起藤蔓，对方慢吞吞缠绕在他的手腕上。

"你知道那条河在哪儿吗？"

"应该在那个方向。"

藤蔓伸出绕在最外层的一端，遥遥指着。

"但我自己到不了那儿。"

"离开根茎太久，我已经快枯萎了。"

04

藤蔓说完，又搭在了夸布腕上。

"你为什么要去那儿？"

夸布小心翼翼地，摸了摸手腕上的藤蔓。

对方摸上去是干瘪的，就和它黑黑的颜色一样，感觉没有一点希望。

"因为我必须要找到那条河。"

"我必须要成为光。"

05

"成为光？"夸布朝着藤蔓说的方向前进，十分疑惑地问着。

"那是光的长河。"

"喝一口水，就能成为光。"

藤蔓说话轻飘飘的，随即又提醒道："你不要靠近那条河。"

"为什么？"夸布原本是打算这样问的。

但他们穿过树林，看见几颗还未消失的星星挂在天上，他才发现

光是没有任何实体的。

06

"你为什么想要成为光？"夸布好像听见了哗啦啦的水声，有些难过地问着。

藤蔓蹭了蹭他的手面，轻声回答："我以前生活在一个亮堂堂的山谷，但后来，那里没有了光。"

天快亮了，漆黑的夜开始消散。

有光照在藤蔓身上，夸布低下头，发现它变了颜色。

藤蔓不再是黑乎乎的，而是闪着微弱的光。

"没有光的山谷里，所有藤蔓都变成了黑色的。"

07

他们终于来到目的地，夸布靠近河岸，发现每一滴水都在闪光。

夸布把藤蔓安放在地上，对方蜿蜒着，慢慢接近永不熄灭的光的河流。

"但是我曾经见过光啊。"

"曾经见过光，就不能再忍受黑暗。"

"更不能看着其他同伴习惯黑暗。"

08

喝完河水的藤蔓靠在岸上，它已经完全都闪着光了，亮晶晶的。

夸布看着快要消失的藤蔓，喃喃自语："即使枯萎，即使消失，也必须要成为光。"

藤蔓虚弱地点点头，这样说着："如果没有光，那我自己就成为光。"

09

漆黑的山谷里，有光突然降落，停留在最高的树杈上，像一个太阳。

"那是什么？"

光照亮了整个山谷，引出声声疑惑。

和藤蔓一起见过光的同伴激动地回答：

"那是光。"

10

不要向黑暗屈服，我们永远拥有光。

因为有人，愿意成为光。

藤蔓变成了光，夸布站在高高的石块上，远望着它消失的方向。

他看见白日驱散黑夜，有时会想：

我见过一根更加耀眼的藤蔓。

它曾经说："我必须要成为光。"

复活之森

01

夸布被冻醒了，好一会儿，才想起自己是睡着了。

他太累了，这里到处是树，不知道从哪儿才能出去。

夸布站在原地，四处望了望，只能朝着看上去比较开阔的地方走去。

那里的树少些，有一块几乎是空荡荡的。

夸布正要看看能不能从那儿出去，却发现有个拿着铁锹的大叔先到了。

02

大叔停在那一小块空地，然后，挥动铁锹开始挖起坑来，像是要埋下什么。

两边的积土越来越多，地上的坑看上去有些太大了。

"你要埋什么吗？"

夸布走过去问了一句，"坑太大了，会很难填上。"

大叔停下来，看上去有些抱歉：

"其实并不需要这么多，我只是想舒服些。"

"想让什么舒服些？"

"我自己。"

03

夸布疑惑地看向大叔，这时候，对方才发现了什么似的，向他解释。

"我以为你知道这是什么地方。"

"我不知道。"

"好吧，这儿有个名字，叫做自杀森林。"

夸布一点也不明白什么是自杀，于是他接着询问。

"自杀是什么意思？"

"就是来到这儿，挖个坑，站在里面。然后，就变成一棵参天的树。不再当人了。"

04

"当人不好吗？"

"并不是不好，只是，总会有些烦恼。"

大叔这样说着，听上去就很忧愁的样子。

"有些烦恼能够解决，有些是完全没有办法的。"

"可以告诉我吗？完全没有办法的烦恼。"

夸布问了一句，试图和大叔谈论这个。

"一直困扰我的烦恼，是我没有办法开心。"

05

"你知道的，人都是情绪化的，开心是最重要的情绪之一。"

夸布点点头，听大叔继续说着。

"一开始，我以为这是可以解决的事情。毕竟，人总是为自己没有足够的金钱烦恼。"

"然后呢？"

"然后我有了很多钱，但还是没有开心。"

06

"后来，我就想可能这些物质并不能让我满足。于是，我开始寻找爱。在所有的描述里，爱都是能拯救一切的东西。"

说到这儿，大叔叹了一口气，夸布难过地看着他。

"可是，爱没能拯救我。"

07

"再后来，我觉得自己一定是还缺少什么。"

"大家都是这样，因缺少而苦恼，却从不在意自己已经拥有了多少。"

大叔顿了顿，休息了一会儿。

坑足够大了，他终于放下铁锹。

"有一次，我听说有个地方叫天空镜，它能映出人缺少的东西。我就去了那儿。"

夸布听到这样一句，有些惊讶地看着他。

大叔好像察觉到了，问他："怎么了？"

"我可能，也需要去那个叫天空镜的地方。"

"但是现在，我想先和你说话。"

大叔点了点头，继续说道：

"我会告诉你它在哪儿，等我先把这个讲完……"

"我到了天空镜，发现自己什么都没有缺失。我有很多物质，健全的身体和聪明的头脑。甚至，还有很多爱。"

大叔站下去试了试，又从坑里出来，就好像在说别人的事情。

"那个时候我才明白，其实我可以开心。但可以开心和开心并不一样，一点也不一样。"

"可以开心代表我应该能够做到开心。但我没做到，这么久都没能做到。那么，其实就和不能开心没有什么区别。"

"或许以后……"

夸布试着安慰大叔，他看上去甚至比大叔本人还要难过。

"我不想再等以后了。"

11

夸布想再说些什么。

可是，大叔告诉他天空镜的位置之后，摆了摆手。

他似乎不想再继续说话，夸布只好安静地在他身边待着。

每过一小段时间，他就更加难过。

这儿有那么多树，每看向一棵，他就多悲伤一些。

大叔站了下去，转头望向夸布。

"或许，我应该告诉你，这里的另外一个名字……"

12

大叔变成了树，周身碧绿。

夸布摸了摸树干，又抬头望了望树冠。

他一直在想，大叔变成树之前说的话：

"其实，这也叫复活之森。"

"就算已经变成了树，后续一旦有一点想法，想要继续活着，大树就会再变成人。"

13

他总觉得，在不知道什么时候，大叔就会又变成人。

可能在努力之下，原本怎么也没有办法的事情，就会有突然出现的转机。

夸布这样想着，努力向天空镜前进。

迷漠

01

夸布站在原地，觉得周围非常熟悉。

一开始，他顺着正确的方向，往天空镜那儿去。

可是，两边的风景不知道在什么时候突然变了。

就像是被蒙上了一层布，幕布上的画面不断变化。

他停下来，仔细看了看，觉得自己又回到了小镇。

02

小镇好像还是和当初一样，好像又有些什么不一样。

他往泥潭边走了走，大家还是在忙碌着。

拿着相同的工具，做一样的事情。

但泥潭似乎出了什么问题。

还是一样的技巧，捏完的黄泥放在地上却没能变成人。

03

"怎么了？"

夸布这样问着，没有人问答他。

大家似乎没有发现这个事情，仍然在一刻不停地忙碌着。

"为什么会这样？"

夸布放大了些声音，边跑边叫。

可还是没有任何回应。

04

于是，夸布拉住离他最近的一个孩子，问道："你没有发现有什么不对吗？"

"不要靠近他！"

孩子被大人拉走了，同时还被这样警告。

"为什么？"

夸布无声地问着，一转身，发现在那个瞬间，所有人都突然看向了他。

05

"他以前总说完整。"

"他以前总说要去找自己。"

"完整的自己是什么，他找到了吗？"

"他只是离开了。"

"没有人离开过这儿，但他非要离开。"

"他什么也找不到。"

"却总想和我们不一样。"

所有人都在窃窃私语，可夸布却都听见了。

"他还说有什么不对，可是这一切都好好的。"

在压低了声音的嘲笑里，这句不知道谁说的话，听上去特别响。

"好好的吗？"

夸布有些不能思考了，就好像有什么厚重的东西压着他。

他好像不能动弹，只能小幅度地转头。

那些他视线接触的地方，地上的黄泥都变成了人。并不是他原先看到的那样。

大家突然开始哄堂大笑，像是听到了什么了不得的笑话。

夸布艰难地继续转头，想看得再清楚一些。

然后，他就发现，泥潭外圈的所有黄泥都变成了人。

"他是不是……"

"怎么在乱说话？"

笑声里，刺耳的话语又不断响起。

夸布努力地想抬起手，试图捂住耳朵。

可他仅仅是试着动了一下，就感觉那好像不是自己的手了。

他低头，困难得很，慢吞吞的。

在这片刻，他的手融化成泥，掉在地上。

"啪嗒——啪嗒——"

等到他低下头，整个人几乎都已经变成了泥。

软趴趴的，伏在地上。

"我没有找到自己。"

"完整的自己存在吗？"

"这一路，我找到了什么？"

夸布不由自主地这样想，每想一下，就感觉身体越沉重了。

"就这样了吗？"

夸布突然又生出了一些不甘心。

这一路，虽然他说不出来有什么特别的，但遇到的所有人和事情，都在他脑子里记着。

"我好像有些不一样了。"

"明明有些不一样。"

他挣扎着想站起来，感觉是一摊泥在挣扎着。

好在，他倒在泥潭边。

泥潭上层的水，还是清澈的。

"里面什么都没有。"

水没有映出任何东西，连天空都不存在。

"有什么不对！"

夸布继续挣扎着，挣扎出轮廓，挣扎出四肢。

一挥手，他手心抓了一把沙。

12

夸布清醒了。

他倒在一片沙漠里，无数的黄沙盖在他身上。

几乎就要被长埋于此，还好他清醒了。

夸布有些失力，过了好久才站起来，如释重负。

13

他知道自己原先是在这片沙漠，但他不知道沙漠是什么时候欺骗了他。更不知道，黄沙是什么时候将他掩盖了。

但在沙漠里经历的一切，看到的所有画面他都清楚记得。

既然他在路上，就一定是要继续走下去的，不管结果是什么。

"就算最后没有找到完整的自己，我也愿意接受。最重要的是，在路上，我遇到了一切。好像有什么悄悄改变了，我坦然接受这样的自己。"

14

夸布走了，但迷失人心的迷漠仍在原地。

风吹起，扬起细沙，等待着，吞噬下一个过客。

答案果

01

那个人离开的时候，夸布正看着前方的树。

这是一棵有些奇特的树，有人在它那儿说了句什么。

然后，在靠近树根的地上挖了一个小坑，埋进去一张纸条。

不一会儿，树上生出一个果子。

夸布看着那个人把果子摘下来，放到耳朵边。

不知道发生了什么，果子就消失了。

02

那个人有些走远了。

夸布慢吞吞地，走到那棵树下。

"你有什么想问我的吗？"

树说话了，夸布有些疑惑地看着它。

"有什么问题说出来，埋在树下，就可以得到答案。"

树好像有些不耐烦，机械地给他解释着。

03

夸布终于明白，刚刚那个人在干什么。

"果子凑到耳边，就消失了。"

他想起刚刚看到的画面，描述着。

"那是答案果，生来就是为了告诉别人一个答案。说完它就消失了。"

04

"所以，你有什么想问的吗？"

树又一次这么催促，夸布抬头看着它，仔细地想了想。

他想得有些久了，好一会儿都没有说话。

"有一件事情，我想知道能不能完成它。"

"其实，最好不要问。"

突然，两个声音同时响起了。

05

"为什么不要问？"

夸布这下子，变得非常疑惑。

"因为总是有人，问我各种不同的问题。我可能知道答案，也可以告诉他们答案。但我并不知道，对于他们来说，这是不是正确答案。"

树认真地向夸布解释，听上去有些难过。

"每个人在提问之前，自己都会有一个答案。"

"如果我的答案和他预想的不一样，那他会把哪一个当成真的？"

夸布试着想了想，觉得自己也不清楚。

"而且，就算我说的是正确答案。现在正确，以后也有可能会变成错的。"

树又补充了几句，夸布一下子没有听明白。

"就像，你问我，你能不能完成那件事情。如果我的答案是不能，但你还是坚持去做，那最终的答案，或许会变成能；如果我的答案是能，你就因此松懈，那就或许会变成不能。"

树说得很快，像是一段拗口的绕口令。

但夸布好像是有些明白了。

不管是多准确的答案，都只是树给出的、最符合当下的情况判断。

它可能是真的，也有可能是不对的。

"你还想知道那个问题的答案吗？"

"如果想的话，可以把它写下来，埋在下面。"

树又问起这个问题，夸布摇了摇头。

"我不想知道了。"

10

向树告别完，夸布又继续走在了路上。

在离开的时候，他坚定地想：

"那个答案，我要自己找到它。我总会找到它。"

结 局

天空镜

01

夸布最终到达了天空镜。

那一汪小小的泉水，在高高的雪山上静静地躺着。

周围的雪终年不化，只有这一小片泉水，没有被冻住。

就像是一块镜子似的。

02

雪山的风呼呼吹着，夸布裹了裹衣服。

现在离天空镜只有几步远，但他突然一步都迈不出去了。

他原本走在一条不知道终点，也不能回头的路上。

但这条路突然出现了终点，平坦地铺呈在他脚下。

他一下子，不敢去踩。

怕稍微一动，一切都会碎成一场天崩地裂的梦。

03

于是，他抬头望了望天，试图想些别的事情。

雪从天上飘下来，轻轻落在他身上。

每一粒都变成一颗冰冷的水滴，带着回忆，所有不安都被冻住。

夸布觉得，他好像变成了别的什么人。

或许是从上空飘过的一朵云，又或许是本来就扎根在这儿的一棵树……

04

夸布有时候会想，如果他早点知道天空镜的存在，就能少走很多路。

可是到现在，他才明白，路从来都不会白走。

所有走过的路遇到过的人，都在那一个瞬间，让他短暂地寄托不安。紧接着，又如同惊涛骇浪般把他拍醒，让他成为自己。

05

"我缺少些什么？会和一开始有什么不一样的地方吗？"

夸布这样想，内心无比平静地靠近着天空镜。

四下安宁，一汪清泉倒映出他的影子。

还是最开始的样子，只有一层薄薄的泥塑的轮廓。

06

不知道为什么，夸布望着天空镜照出的、空荡荡的内里几乎是有些坦然。

他接受这样的自己，愿意继续前进。

于是，他伸出手，虚空地和经历过的所有一切拥抱。

这个时候，泥塑的轮廓里，突然出现了一个岛的形状。

岛不断变换着样子，清泉颤动。

泉水突突地冒出不同的小人，在不同的地方向他挥手，然后一齐消失。

岛的形状定住，刚刚好，填满了他整个人。